정신과 의사

정신과 의사

초판 인쇄	2023. 11. 23.
초판 발행	2023. 11. 30.
저자	마샤두 지 아시스
역자	이광윤
발행인	이재희
출판사	빛소굴
출판 등록	제251002021000011호(2021.1.19.)
팩스	0504-011-3094
ISBN	979-11-980885-9-8(03870)
이메일	bitsogul@gmail.com
SNS	www.instagram.com/bitsogul
홈페이지	www.bitsogul.com

정신과 의사

마샤두 지 아시스 지음

이광윤 옮김

일러두기

- 각주는 모두 옮긴이의 주석입니다.
- 해외 인명 및 지명은 국립국어원 외래어표기법을 따랐으나
  일부 이름은 현지 발음과 가깝게 표기했습니다.
- 본 책에 실린 소설들은 아래의 원서를 참고하여 번역하였습니다.
  Machado de Assis, 『*Obra Completa*』 v.II, 1994, Nova Aguilar(Rio de Janeiro)

차 례

점쟁이   7

회초리   25

자정 미사   39

유명인   53

정신과 의사   71

역자 후기   157

점쟁이
A Cartomante

   햄릿은 호레이쇼에게 말했다. 하늘과 땅에는 우리
의 철학이 꿈꾸는 것보다 더 많은 것이 있다고. 그것은
1869년 11월 어느 금요일에 아름다운 히타가 젊은 카밀
루에게 한 말과 같은 뜻이었다. 그날 카밀루는 전날 히
타가 한 점쟁이를 찾아가 고민을 털어놓았다는 사실을
알고는 웃음을 터트렸다. 햄릿과 히타는 같은 말을 서로
다른 언어로 표현한 셈이었다.

   "그래요, 웃어요. 웃으라고요. 남자들은 다 그래요. 아
무것도 믿지 않잖아요. 그래요, 거길 갔어요. 찾아간 이
유를 말하기도 전에 그녀가 이미 꿰뚫어 봤다는 것만
알아주세요. 그녀는 그저 카드를 내려놓자마자 내게 '당
신은 한 사람을 좋아하고 있군요……'라고 말했죠. 내
가 그렇다고 고백하자 내려놓은 카드를 다시 섞고는 확

신에 차 마지막 말을 했어요. 내가 당신이 날 잊을까
봐 두려워하고 있다고요. 하지만 그건 사실이 아니에
요⋯⋯."

"그렇담 그녀가 틀렸단 거군요!" 카밀루가 웃으며 말
을 끊었다.

"그렇게 말하지 마요, 카밀루. 당신 때문에 내가 어떻
게 지냈는지 당신이 안다면⋯⋯. 이미 당신에게 말했듯
이, 당신도 알고 있잖아요. 그러니 비웃지 마요, 비웃지
말라고요⋯⋯."

카밀루는 그녀의 손을 잡고, 진지한 눈빛으로 그녀를
빤히 바라보았다. 그러고는 그녀를 간절히 원하노라 맹
세했고, 그녀는 어린애처럼 놀랐다. 무언가를 두려워할
때, 최고의 점쟁이는 다름 아닌 바로 그 자신인 법이다.
그는 그녀를 꾸짖으며, 점쟁이들을 찾아다니는 것은 현
명하지 못하다고 말했다. 비렐라가 눈치 챌 수도 있고,
그러면 그 후에는⋯⋯.

"그가 어떻게 알겠어요? 점쟁이에게 들를 때 내가 얼
마나 조심하는데요."

"그곳은 어디 있나요?"

"여기서 가까워요. 구아르다벨랴가에 있어요. 그리고
그때 지나간 사람은 아무도 없었어요. 그러니 마음 놓아
요. 난 바보가 아니거든요."

카밀루가 다시 미소를 지으며 그녀에게 물었다.

"정말 그런 것들을 믿어요?"

그때 그녀는 자신이 햄릿을 지나치게 평범하게 이해

하고 있다는 사실을 깨닫지 못한 채, 그에게 이 세상엔 신비하고도 진실한 것이 많다고 말했다. 그가 그녀의 말을 믿지 않는다고 해도 상관없다. 확실한 것은 점쟁이가 그 모든 것을 다 꿰뚫고 있다는 것이다. 그 외에 무슨 말이 더 필요할까? 그녀가 이제 아주 침착해졌고 또 점괘에 만족하고 있으니 말이다.

그는 무언가를 말하려 했지만 이내 자중하고 말하지 않았다. 그녀의 환상을 깨뜨리고 싶지 않았다. 그 또한 어린 시절과 그 후에도 다분히 미신적이었다. 그의 어머니는 그에게 미신에 대한 확고한 믿음을 주입했다. 그는 스무 살이 되어서야 그 믿음으로부터 해방될 수 있었다. 그러한 기생적 사고를 모두 털어버리고 신앙이라는 거대 줄기만을 부여잡게 된 날, 그는 어머니에게서 받은 두 가지 가르침을 의심 속으로 던져버리고 얼마 지나지 않아 완벽하게 부인하기에 이르렀었다. 카밀루는 아무것도 믿지 않았다. 왜 그랬냐고? 그 이유를 정확히 말할 수는 없다. 다만 논쟁할 가치가 전혀 없는 것들이었다. 그는 모든 것을 부정했다. 부정한다는 것은 한편에서는 여전히 긍정한다는 걸 뜻하기도 했으니, 그는 자신의 불신을 드러내는 말을 전혀 하지 않았다. 신비와 수수께끼 앞에서 그는 그저 어깨를 으쓱하는 것으로 만족하고 자리를 떴다.

두 사람은 만족하며 헤어졌는데, 그녀보다도 그가 훨씬 더 만족했다. 히타는 분명 사랑받고 있다고 확신했다. 게다가 카밀루는 그녀가 두려움에 떨며 자신을 위해 위험을 무릅쓰고 점쟁이에게 달려갔던 것을 보고는, 아끼는 그녀를 질책했음에도 불구하고, 내심 괜히 우쭐해졌다. 그 두 사람이 만나는 장소는 히타의 동향인이 살았던, 유서 깊은 바르보누스가에 있었다. 그녀는 망게이라스가를 내려와 자신이 살고 있는 보타포구로 향했다. 그리고 카밀루는, 점집이 있다는 길을 바라보면서 구아르다벨랴가로 내려갔다.

비렐라, 카밀루 그리고 히타. 특별한 기원을 지니고 있진 않지만, 이 세 사람의 이름이 펼치는 모험에 대해 알아보고자 한다.

비렐라와 카밀루, 이 두 사람은 어린 시절의 친구였다. 비렐라는 치안 판사로서 경력을 쌓았고, 카밀루는 자신을 의사로 키우고자 했던 아버지의 바람에 반하여 공직 생활을 시작했다. 하지만 아버지가 돌아가시고 어머니가 그에게 공직을 주선할 때까지 그는 아무 일도 하고 싶지 않아 했다. 1869년 초, 비렐라는 아름답고 쾌활한 한 여인과 결혼한 후 지방에서 돌아와, 법무부를 그만두고 변호사로 개업했다. 카밀루는 보타포구 근처에 비렐라의 집을 마련해 주고, 그를 환영하며 맞이해 주었다.

"아, 당신이었군요? 내 남편이 늘 당신에 대해 이야기했던 터라 남편의 친구가 어떤 사람인지 항상 궁금했답니다." 히타가 카밀루에게 손을 내밀며 기쁨에 겨운 듯이 말했다.

카밀루와 비렐라는 아주 친근하게 서로를 바라보았다. 그들은 진정한 친구였다. 그 후 카밀루는, 비렐라의 아내가 친구가 편지에서 말한 그대로라고 생각했다. 실제로 그녀의 몸짓과 뜨거운 눈빛, 가느다랗고 뭔가 의문을 품은 듯한 입가에서는 우아함과 활력이 흘러넘쳤다. 그녀는 두 사람보다 약간 나이가 많았는데, 히타는 30세, 비렐라는 29세 그리고 카밀루는 26세였다. 그러나 비렐라의 중후한 풍채 덕에 그는 아내보다 나이가 더 들어 보였고, 카밀루는 정신적인 면에서나 실제적인 삶에 있어 더 어리고 순진해 보였다. 카밀루에게는 어쩌면 세월의 흐름이 비껴 있는 것처럼 시간이 앞당겨져 있어, 경험도 직관도 상대적으로 부족한 것처럼 보였다.

세 사람은 자주 모였으며, 그들의 공생은 서로의 사이를 더 끈끈하게 만들었다. 얼마 지나지 않아 카밀루의 어머니가 세상을 떠났으며, 그러한 비극 속에서도 두 사람은 진정한 친구로서의 우정을 여실히 보여주었다. 비렐라는 친구 어머니의 장례식과 호적 정리 등을 앞장서 처리해 주었고, 히타는 카밀루의 마음을 특별히 위로해 주었다. 그 누구도 이들만큼 친구의 아픔을 진심으로 어루만져 주지는 못했으리라.

그런데 히타와의 사랑이 어떻게 시작되고 지금까지 이어져 왔는지, 카밀루 자신도 결코 알 수 없었다. 진실은 그가 그녀와 함께 보내는 시간을 좋아했다는 것이다. 그녀는 거의 누나처럼 곁에서 그를 보호해 주었지만, 무엇보다도 한 명의 여인이었고 또 아름다웠다. 여인의 향기*Odor di femmina*, 그가 그녀에게서, 나아가 그녀 주변에서 호흡하며 자신의 내부에서 합쳐지기를 열망했던 것이 다름 아닌 바로 그 여인의 향기였다. 그들은 같은 책을 읽었고 함께 극장에 갔으며 나란히 산책했다. 카밀루는 그녀에게 체커와 체스를 가르쳐 주었고 함께 밤새 게임을 즐겼는데, 그녀가 게임을 잘하지 못해도 그녀를 즐겁게 해주기 위해 그 역시 게임에 서투른 척했다. 그때까지는 그랬었다. 그런데 남편에게는 차가운 손짓과 낯선 태도를 보이던 그녀가 이제는 남편보다 먼저 자신을 찾아 이런저런 문제를 상의하며, 야릇한 태도와 범상치 않은 눈빛으로 대해준 것이다. 카밀루의 생일날, 그는 비렐라에게 비싼 지팡이를 선물로 받았고 히타에게는 저속한 글귀가 적힌 카드만을 선물로 받았는데, 그때 그는 카드에서 눈을 떼지 못한 채 그녀가 쓴 언어를 마음으로 이해할 수 있게 되었다. 저속한 언어로 쓰여 있었지만 그 안에는 고귀한 저속함과 적어도 유쾌한 내용이 담겨 있었다. 사랑하는 여인과 처음으로 함께 타고 광장을 거닐었던 낡은 마차가 아폴로 신화에 나오는 마차만큼이나 가치가 있는 것처럼 느껴졌다. 그랬다. 남자는 그럴 수밖에 없었고, 그를 둘러싼 모든 게 다 그러했다.

카밀루는 진심으로 그녀에게서 도망치고 싶었지만, 이미 그럴 수 없었다. 히타는 마치 뱀처럼 그의 주위를 돌아다니며 그를 온통 감싸고, 그의 육신이 경련을 일으켜 파열하게 만들고, 그의 입에는 독을 떨어뜨렸다. 그는 현기증이 날 정도로 그녀에게 압도당했다. 고뇌와 공포, 회한과 욕망, 그 모든 것이 뒤섞여 그를 어쩌지 못하게 만들었다. 그러나 내면의 싸움은 오래가지 않았고, 승리는 황홀했다. 양심의 가책이여, 안녕! 신발이 사람의 발에 적응하는 데는 그리 오랜 시간이 걸리지 않는 법, 두 사람은 떨어져 있어도 서로에 대한 그리움을 전혀 느끼지 못할 정도로 늘 함께 지내며, 팔짱을 끼고 풀과 자갈 위를 여유롭게 걸으며 산책을 하곤 했다. 그러는 동안에도 두 사람에 대한 비렐라의 믿음과 존경은 늘 변함없었다.

그러나 어느 날, 카밀루는 익명의 편지를 한 통 받았다. 편지에는 카밀루가 부도덕하고 신뢰할 수 없는 인물이며, 그와 연인의 모험과도 같은 행동을 이미 모든 사람이 잘 알고 있다고 쓰여 있었다. 카밀루는 두려웠다. 의심을 피하기 위해 비렐라의 집을 어쩌다 한 번씩만 방문하기 시작했다. 그러자 곧 친구의 부재를 알아차린 비렐라가 그 까닭을 알고 싶어 했고, 카밀루는 그저 청년의 어리석은 열정 때문이라고만 대답했다. 진솔함은 교활함을 낳는 법이다. 그의 부재가 길어지고 두 사람의 왕래가 완전히 끊기게 되었다. 아마도 여기에는, 기만적인 배신으로부터 덜 아파 하려는 히타의 약간의 자기애와 남편의 의심을 줄이려는 의도가 포함되었을지도 모른다.

바로 그 무렵, 의심과 두려운 마음이 싹튼 히타는 카

밀루의 그와 같은 행동의 진짜 이유를 알고 싶어 점쟁이에게 달려가 상의했던 것이다. 앞서 보았듯 점쟁이는 그녀의 자신감을 북돋아 주었고, 카밀루는 히타가 점쟁이를 찾아갔던 일을 두고 그녀를 질책했다. 그로부터 몇 주가 흘렀다. 카밀루는 익명의 편지를 두세 통 더 받았다. 그 편지들의 내용은 너무도 열정적이어서, 미덕을 지키라는 경고가 아니라 마치 어느 기혼자의 원한처럼 보였다. 그것은 또한, 다름 아닌 히타의 의견이기도 했다. 그녀는 서투른 언어와 표현으로, "미덕은 게으르고 인색하며, 시간이나 종이를 낭비하지 않아요. 다만 사리사욕만이 활력적이고 풍요로울 뿐이죠"라며 자기의 생각을 밝힌 적이 있었다.

익명의 편지들로 인해 카밀루의 마음은 더욱더 복잡하고 심란했다. 그는 그 익명의 인물이 혹시 비렐라를 만나러 가지 않을까, 그렇게 되면 차마 해결할 수도 없는 큰 파국이 닥칠지도 모른다는 생각에 두려움을 느꼈다. 이에 대해 히타도 카밀루에게 동의했다.

"그러면 내가 첫 번째 편지 봉투와 나중에 온 편지들의 필적을 비교해 볼게요. 만일 글씨가 동일하다면 보관을 하든지, 아니면 찢어 버리든지……."

하지만 그 후로 아무 일도 일어나지 않았다. 얼마 후 비렐라는 뭔가를 의심하는 사람처럼 얼굴에 그늘이 지고 말수도 적어지기 시작했다. 그래서 히타는 카밀루에게 그 사실을 급하게 전했고, 두 사람은 그 문제에 대해서 곰곰이 논의했다. 그녀의 의견은, 카밀루가 그 자신의 개인적인 문제를 의논하고 싶다는 평계로 조만간 자신들의 집을 다시 방문하여 남편과 만나보는 게 어떻겠느냐는 것이었다. 그러나 카밀루는 이에 동의하지 않으며, 오히려 수개월이 지난 후인 지금에야 나타나는 것이 의심과 비난을 더욱 가중시킬지 모른다고 대답했다. 그들은 몇 주간의 시간을 지켜보면서 조심히 지내는 것이 더 나을 것이라고 의견을 모았다. 그러면서 두 사람은 아주 긴급한 경우에만 연락을 취하기로 하고, 눈물을 흘리며 헤어졌다.

다음 날, 사무실에 있을 때 카밀루는 비렐라로부터 "아주 빨리, 급히, 우리 집에 오게나. 자네에게 긴급하게 얘기할 것이 있네"라는 메모를 받았다. 정오가 조금 지난 시간이었다. 카밀루는 곧 자리에서 일어나 밖으로 나갔다. 거리로 나서자 그는, 비렐라가 자신을 사무실로 부르는 것이 더 자연스러울 텐데 왜 집으로 부르는 걸까 의아해했다. 왜 집일까? 모든 것은 어떤 특별한 의미를 갖는 법. 메모의 글자 또한 그것이 현실이든 환상이든 그를 적잖이 떨리게 했다. 그는 이 모든 상황을 전날 히타와의 만남과 연결시켜 보았다.

"아주 빨리, 급히, 우리 집에 오게나. 자네에게 긴급하게 얘기할 것이 있네." 카밀루는 다시금 메모를 눈으로 읽어 내려갔다. 카밀루는 드라마의 한 장면을 상상해 보았다. 눈물을 흘리며 무릎을 꿇고 있는 히타의 앞에서 분노한 비렐라가 펜을 들어 메모를 쓰면서, 그를 죽이기를 기다리고 있는 모습이 머릿속에서 그려졌다. 카밀루는 두려움에 몸을 떨었으며, 그런 다음 창백하게 미소를 지었다. 어쨌든 지금 후퇴한다는 생각은 그와 어울리지 않았다. 이런저런 생각을 하며 그는 계속 걸어갔다.

가는 도중, 그는 혹시라도 히타로부터 그 모든 상황을 설명해 주는 전언이 와 있지 않을까 싶어 집에 들르기로 했다. 하지만 집에는 아무것도 없었으며, 그는 하는 수 없이 다시 거리로 나왔다. 그와 히타 두 사람 사이의 일이 누군가에게 발각되었다는 것은 점점 더 사실로 굳어졌으며, 심지어 첫 번째 익명의 편지와 마지막 익명의 편지를 쓴 인물이 비렐라이고, 그가 모든 사실을 알고 있는 것이 분명하다는 생각도 들었다. 뚜렷한 이유도 없이 쓸데없는 구실을 들어 방문을 중단한 것 자체가 그런 확증을 더해 주었다. 카밀루는 불안하고 초조한 마음으로 길을 걸어갔다. 그는 메모를 다시 읽지 않았지만 보지 않고도 줄줄 외울 수 있을 정도였으며, 설상가상으로 그 단어들이 비렐라의 목소리로 그의 귀에 들리고 있었다. "아주 빨리, 급히, 우리 집에 오게나. 자네에게 긴급하게 얘기할 것이 있네." 비렐라의 목소리로 이렇게 외치고 있는 메모는, 한편 신비스럽고 다른 한편 위협적인 어조를 띠고 있었다. 급히 오라니, 무슨 일이지? 시간은 벌써 오후 한 시에 가까워지고 있었다. 마음은 시시각각 더 크게 동요했다. 앞으로 일어날 일들이 너무나도 생생하게 그려졌기에, 급기야 그것을 믿을 지경이 되었다. 확실히 그는 두려웠다. 예방 조치가 필요하다는 생각에 이른 그는, 아무것도 일어나지 않으면 아무것도 잃지 않을 것이며, 무기를 들고 가는 것은 어떨지 심사숙고하기도 했다. 하지만 곧 그 생각을 버리고, 이륜마차를 타기 위해 카리오카 광장 방향으로 걸음을 재촉했다. 그는 마부에게 빨리 가달라고 청했다. '가급적 빨리 가는 것이 낫겠어. 이렇게 있어서는 안 돼…….' 그는 생각했다.

하지만 마차의 속도는 그의 마음을 더욱 뒤흔들었다. 시간은 쏜살같이 흘러가고, 그는 곧 예상할 수 없는 위험에 직면하게 될 것이었다. 구아르다벨랴가가 거의 끝날 무렵, 마차가 갑자기 멈추었다. 뒤집힌 짐마차로 인해 통행이 막혀 있었기 때문이다. 카밀루는 통행이 재개되는 시간을 어림잡아 생각해 보았다. 그리고 약 5분여의 시간이 지났을 때, 그는 멈추어 있는 마차의 바퀴 왼쪽으로 지난번 히타가 찾아가 고민을 털어놓은, 자신이 그렇게도 믿고 싶지 않아 하는 점쟁이의 집이 있다는 사실을 알아차렸다. 그는 건물의 다른 창문들은 거리의 짐마차 소동을 보기 위해 모두 열려 있는데 유독 굳게 닫혀 있는 그 창문을 바라보았다. 그 집은 이른바 무관심한 운명의 거처일 것이다.

카밀루는 아무것도 보지 않고 또 생각하지 않으려고 마차 좌석에 몸을 비스듬히 파묻었다. 그러나 마음의 동요는 너무도 크고 또 야릇했으며, 게다가 자신의 깊숙한 도덕적 심연에서는 과거의 어떤 환영과 오래된 믿음 그리고 낡은 미신 같은 것이 솟구치는 것을 느꼈다. 마부는 첫 번째 골목으로 돌아가서 다른 길로 가는 것이 어떻겠냐고 물어왔다. 하지만 카밀루는 잠시만 더 기다려보라고 대답했다. 그리고 그는 비스듬한 자세로 점쟁이의 집을 바라보다가…… 곧 그 자신도 믿을 수 없는 몸짓을 하며, 불현듯 점쟁이의 말을 들어보는 것이 어떨까, 하고 생각했다. 그 생각은 마치 멀리서, 아주 멀리서, 거대한 회색 날개를 흔들며 머릿속에서 사라졌다가 다시 나타나 또다시 사라지고, 그러다가 곧 다시 날개를 움직여 동심원을 그리며 가까이 다가오는 것 같았다. 거리에서는 사람들이 소리를 지르며 짐마차를 치우기 위해 안간힘을 쓰고 있었다.

"자, 어서! 지금, 세게 밀어요! 갑시다, 갑니다!"

잠시 후면 장애물이 제거될 것이다. 카밀루는 눈을 감고 다른 생각을 하려 했지만, 그러나 이내 비렐라의 목소리가 자신의 귀에 편지의 언어를 속삭이고 있었다. "아주 빨리, 급히……." 비극적인 드라마의 한 장면이 눈앞에 선해 몸이 달달 떨려왔다. 점쟁이의 집이 이제는 자신을 바라보는 것 같았다. 그의 두 다리는 마차에서 내려, 그 집으로 들어가길 원하고 있었다. 카밀루는 마치 길고도 어두운 베일 앞에 가려진 자신을 바라보며…… 설명할 수 없는 많은 것에 대해 재빨리 생각해 보았다. 어머니의 목소리가 그에게 아주 놀라운 이야기들을 거듭 전하고 있었고, 햄릿의 "하늘과 땅에는 우리의 철학이 꿈꾸는 것보다, 더 많은 것이 있다……"라는 말이 그의 마음속에서 울려 퍼지고 있었다.

'내가 놓친 것이 무엇인지, 혹시……?'

그는 점쟁이의 집 문으로 시선을 돌리며, 마부에게 잠시 기다리라고 말하고는 그 집으로 급히 들어가 계단을 올랐다. 전등 불빛이 어두워 발걸음을 분간할 수 없었고 난간은 끈적거렸다. 그러나 그 순간 그는 아무것도 볼 수 없었고, 또 아무것도 느끼지 못했다. 계단을 다 올라가 문을 두드렸다. 인기척이 없자 다시 내려갈까 생각했다. 하지만 이미 때는 늦었고, 그의 마음속에서는 알 수 없는 뜨거운 호기심이 용솟음치고 있었기에 다시 한 번, 두 번, 세 번 문을 두드렸다. 이윽고 한 여인이 나타났다. 점쟁이였다. 카밀루가 상담을 하러 왔다고 하자 그녀가 들어오라고 말했다. 두 사람은 아까 그가 올라온 계단보다 더 어두운 계단을 올라 다락방으로 향했다. 그 작은 방에는 천장을 마주하고 있는 창문을 통해 희미한 빛이 스며들고 있었다. 방 안에 있는 볼품없는 낡은 가구들과 어두운 벽, 그 궁핍한 분위기는 점쟁이의 명성에 버금가는 것처럼 보였다.

점쟁이는 그를 탁자 앞에 앉혔고, 자신은 반대편에 있는 창문을 등지고 앉았다. 밖에서 들어오는 어스름한 햇빛이 카밀루의 얼굴을 고스란히 비추었다. 그녀는 서랍을 열어 크고 낡은 카드 한 벌을 꺼내 섞으면서 재빨리, 카밀루의 얼굴이 아니라 눈 밑을 쳐다 보았다. 그녀는 마르고 까무잡잡한 피부에 간교하고 예리한 눈을 지닌 40세 정도의 이탈리아 출신 여인이었다. 그녀는 세 장의 카드를 뽑아 탁자 위에 놓고 말했다.

"먼저 당신이 무슨 일로 여기에 왔는지를 보게 될 겁니다. 당신은 지금 무척 두려워하고 있군요."

카밀루는 놀라며 그렇다는 몸짓을 했다.

"그리고 지금 당신은, 당신에게 일어날 일이 무엇인지 알고 싶어하는군요……."

"나와 그녀에게요." 카밀루가 호기롭게 말했다.

점쟁이는 웃지도 않고 잠시 기다리라고만 말했다. 그러곤 다시 재빨리 카드를 집어 손질하지 않은 기다란 손톱으로 카드를 섞었다. 아주 능숙하게 한 번, 두 번, 세 번, 순서를 바꾸며 카드를 섞은 후 다시 탁자 위에 펼쳐놓았다. 카밀루는 호기심과 걱정이 잔뜩 어린 눈으로 쳐다보았다.

"카드가 말하기를……."

카밀루는 그녀의 말을 한마디도 놓치지 않으려는 것처럼 잔뜩 귀를 기울였다. 그러자 점쟁이는 그에게 아무 것도 염려하지 말라고 말하며, 그에게나 그녀에게나 아무 일도 없을 것이라고, 제3의 인물은 아무것도 모르고 있다고 힘주어 말했다. 그렇지만 시기와 원한의 감정이 끓어오르고 있으니 매우 조심할 필요가 있다고 말하며, 두 사람을 맺어준 사랑과 히타의 아름다움에 대한 이야기도 덧붙였다. 카밀루는 더할 나위 없이 만족했다. 점쟁이는 말을 끝내자 카드를 모아 서랍에 넣었다.

"당신은 내게 마음의 평화를 되찾아 주었소." 카밀루가 탁자 위로 손을 뻗어 점쟁이의 손을 잡으며 말했다.

그녀는 웃으며 자리에서 일어나 대답했다.

"가보세요, 어서. 사랑에 빠진 청년이여…….'

그리고 그녀는 일어나서 검지로 카밀루의 이마를 톡 쳤는데, 그는 그것이 마치 무당의 손인 것처럼 흠칫 놀라 몸을 떨었으며, 곧 의자에서 몸을 일으켰다. 점쟁이는 이어 서랍장으로 가서 그곳에 있던 포도 한 접시를 들고 와서는, 한 송이를 떼어 가지런한 두 줄의 이를 보이며 포도를 먹기 시작했다. 그러한 일상적인 행동에서조차 그녀의 분위기는 남달리 특별한 것처럼 느껴졌다. 이제 그만 가봐야겠다고 생각한 카밀루는 사례비가 얼마인지 물어보았다.

"포도값은 내야지요. 얼마를 드려야 할까요?" 지갑을 꺼내며 그가 말했다.

"당신의 마음에 물어보세요." 그녀가 대답했다.

카밀루는 1만 헤이스[1]를 꺼내어 그녀에게 주었다. 점쟁이의 눈이 번쩍 뜨였다. 보통의 사례비는 2천 헤이스였으니 말이다.

"당신이 그녀를 무척 좋아한다는 것을 잘 알고 있어요. 그리고 그녀도 당신을 매우 좋아하고 있고요. 그러니 마음 푹 놓고 가보세요, 어서. 계단 조심해요, 어두우니. 모자 잊지 말고요."

점쟁이는 받은 돈을 호주머니에 넣고는 그와 함께 계단을 내려와, 가벼운 목소리로 그렇게 말했다. 카밀루는 그녀와 작별 인사를 하고 거리로 이어지는 계단을 내려

---

1 réis. 브라질의 옛 화폐 단위.

왔으며, 점쟁이는 받은 사례비에 만족해하며 콧노래를 부르며 위층으로 올라갔다. 밖으로 나오니 마차가 기다리고 있었고, 그새 거리를 가로막던 짐마차가 사라져 조용했다. 그는 마차에 올라탔으며, 마차는 다시 빠른 속도로 달리기 시작했다.

이제 그에게는 모든 것이 한결 나아 보였고, 세상 모든 만물이 또 다른 모습으로 변한 것처럼 하늘은 맑고, 그의 얼굴 또한 즐겁고 날아갈 듯한 표정이었다. 그는 좀 전까지 지녔던 두려움이 유치하고 바보 같았다고 생각하며, 비렐라의 편지글은 그저 친근하고 또 가족 같은 느낌에서 쓰인 것이라고 확신하기에 이르렀다. 편지 어디에서 그가 위협을 가하기라도 했단 말인가? 그 내용은 단지 긴급한 것일 뿐이고, 너무 늦으면 안 된다는 뜻에서 뭔가 심각하고 아주 중요한 일이 있다고 암시할 뿐이었다.

"자, 빨리 갑시다." 그는 마부를 독촉했다.

카밀루는 친구에게 자신이 늦은 이유를 설명하기 위해 뭔가를 꾸며내야 할 것 같았다. 그래서 그는 자신이 여전히 예전처럼 부지런하단 사실을 알려주기 위해, 아까 길에 넘어진 짐마차 핑계를 대기로 마음먹었다. 그 순간 점쟁이가 한 말이 그의 마음속에서 다시금 울려 퍼졌다. 확실히 그녀는, 상담의 대상과 카밀루의 상황 그리고 제3자의 존재를 이미 꿰뚫어 보고 있었다. 이미 모든 걸 다 알고 있는 자가 이 일의 결말을 모를 리가 있겠는가? 당장 알지 못하는 현재는 미래만큼이나 베일에 싸여 있는 법이다. 점쟁이를 만나고 난 후, 젊은 시절 그가 한때 갖고 있었던 미신에 대한 오랜 믿음이 천천히 그리고 끊임없이 표면 위로 떠오르며, 신비와 수수께끼가 날카로운 손톱처럼 그의 마음을 움켜쥐고 있었다. 그는 때때로 웃고 싶었고 또 다소 아픈 마음으로 스스로를 비웃기까지 했다. 그러나 점쟁이와 편지들, 그녀의 무미건조하지만 긍정적인 충고 "가보세요, 어서, 사랑에 빠진 청년.", 그리고 마지막으로 그녀의 느리고 우아한 작별의 콧노래, 그 모든 것은 자신에게 전에 없이 새롭고 활기찬 믿음을 심어주고 있었다.

과거의 행복했던 시간과 그 후에 다가올 또 다른 행복한 시간을 생각하며, 마음이 즐거우면서도 조급했던 것은 사실이다. 글로리아가를 지나면서 카밀루는 마차의 창문을 통해 바다를 내다보았고, 그 바다와 하늘이 끝없는 포옹을 하고 있는 곳까지 눈을 들어 바라보았으며, 그렇게 끝없이 길게 길게 펼쳐질 미래에 대한 생각에 빠져 있었다.

잠시 후 그는 비렐라의 집에 도착했다. 그는 마차에서 내려 마당의 철문을 밀고 안으로 들어갔다. 집은 이상하리만치 조용했다. 그는 여섯 칸의 돌계단을 올라갔으며, 막 노크하려는 찰나에 문이 열리며 비렐라가 모습을 드러냈다.

"미안하네, 더 일찍 오려고 했는데……. 무슨 일이 있나?"

비렐라는 일그러진 표정으로 아무 대답도 하지 않았다. 비렐라는 그에게 들어오라고 손짓했고, 두 사람은 작은 방으로 들어갔다. 방에 들어섰을 때 카밀루는 경악을 금치 못하고 공포의 외마디를 지를 뻔했다. 방 안쪽의 긴 의자 위에는 히타가 피투성이가 된 채로 죽어 있었다. 그 순간 비렐라는 카밀루의 멱살을 잡고, 권총 두 발을 쏘아 그를 바닥에 쓰러뜨렸다.

회초리
O caso da vara

다미앙이 신학교를 도망친 것은 8월의 어느 금요일 아침 11시였다. 몇 년도였는지는 정확히 기억나지 않지만, 1850년 이전이었던 것 같다. 몇 분 후 괴로움에 안절부절못하고 멈추어 선 그는, 겁에 질린 신학생이 다른 사람 눈에 어떻게 비칠지에 대해선 전혀 생각지 못했다. 그는 자기가 어느 길을 걷는지도 인지하지 못했으며, 무작정 걷고 또 되돌아갈 뿐이었다. 그러다 마침내 멈추어 섰다. 어디로 갈 것인가? 집으로 가면 화가 잔뜩 난 채 자신을 엄청나게 벌한 후 다시 신학교로 되돌려 보낼 아버지가 있을 터였다. 현 상황에서 빠져나갈 방법이 나중에야 결정지어질 것이기에, 그는 피난처를 정하지도 못한 채 바삐 걸음만 앞세울 뿐이었다. 도대체 어디로 가야 할 것인가? 그는 자신의 대부인 주앙 카르네이

25

루를 기억해 냈지만, 그 대부는 스스로 유용한 일을 하지 않으려는, 의욕도 없고 아주 유약한 사람이었다. 또 자신을 신학교에 데리고 가 신학교 교장에게 소개한 사람도 다름 아닌 그였다.

"크게 될 인물을 데려왔습니다." 그가 교장에게 말했다.

"어서 오게나, 크게 될 젊은이여. 겸손하고 선하기만 하면 진정한 위대함은 드넓은 평야와도 같은 법이라오, 젊은이여……." 교장이 장황하게 대답했다.

그렇게 신학교에 입학했는데, 얼마 지나지 않아 그는 그곳에서 도망치고 말았다. 그리고 지금 여기 거리에서, 피난처도 어떤 충고도 얻지 못한 채 놀라고 얼이 빠져 모든 것이 불확실한 그를 볼 수 있었는데, 그는 거처도 정하지 못하고 친척들과 친구들의 집을 기억에서 더듬고 있었다. 갑자기 그는 이렇게 소리쳤다.

"시냐[1] 히타를 찾아가야겠어! 그녀라면 내 대부를 불러오라 시킬 테고, 내가 신학교에서 나오기를 원한다고 그에게 말해줄 거야……. 아마도 그렇게 되면……."

과부인 시냐 히타는 주앙 카르네이루의 연인이었다. 다미앙은 지금 상황을 두고 그저 막연하게 그들의 관계를 이용하려고 했다. 그런데, 그녀가 어디에 살지? 심히 몽롱한 정신 상태로 몇 분이 지나서야 그는 그녀의 집을 떠올렸다. 그 집은 다름 아닌 라르고 두 카핑(카핑 광

---

1 Sinhá는 일반적으로 노예들이 주인마님을 부를 때 쓰는 호칭.

장)에 있었다.

"어머나, 이런! 이게 누구냐?" 오래된 낡은 소파에 기대어 앉아 있던 시냐 히타가 깜짝 놀라며 소리쳤다.

막 집에 들어가던 그 순간, 다미앙은 한 신부가 지나가는 것을 보고 깜짝 놀라 현관문을 세게 밀었다. 다행히 문은 열쇠로 잠겨 있지도 자물쇠로 채워져 있지도 않았다. 집으로 들어간 그는 창살을 통해 신부를 살펴보았는데, 신부는 그를 눈치채지 못하고 계속 걸어가고 있었다.

"그런데 이게 무슨 일이야, 다미앙? 무슨 일로 여기에다 오고?" 이제 막 그를 본 것처럼 그녀는 다시 놀라며 소리쳤다.

다미앙은 말할 힘도 없이 거의 죽어가는 목소리로 떨면서, 두려워하지 말라고, 별일 아니며 모든 것을 다 설명하겠노라고 중얼거렸다.

"자, 잠시 쉬면서, 다 설명해 봐."

"다 말하겠어요. 맹세컨대 나는 어떤 범죄도 저지르지 않았으니, 잠시만 기다려주세요."

시냐 히타는 여전히 놀란 모습으로 그를 바라보았고, 방 곳곳에서 레이스가 달린 쿠션 앞에 앉아 있던 집 안팎의 모든 어린 하녀들은 뜨개질과 하던 일을 멈추었다. 시냐 히타는 주로 어린 하녀들에게 레이스와 자수를 가르치며 살고 있었다. 다미앙이 잠시 숨을 돌리는 동안, 그녀는 어린 하녀들에게 일을 지시하고는 그의 대답을 기다렸다. 드디어 다미앙은 신학교에서 느꼈던 혐오감을 모두 털어놓았다. 그는 자신이 좋은 신부가 될 수 없음을 열렬히 주장하며 자신을 구원해 달라고 청하였다.

"어떻게? 난 아무것도 할 수 없단다."

"부인이 원하신다면 할 수 있어요."

"아니야. 나는 전혀 알지도 못하는 너의 집안일에 관여하지 않을 테다. 게다가 네 아버지가 무척 화를 내시지 않겠니!" 그녀는 고개를 가로저으며 대답했다.

다미앙은 마치 길을 잃은 것처럼 할 말을 잃었다. 그래서 그는 낙담하여 그녀의 발아래에 무릎을 꿇고 그녀의 손에 입을 맞췄다.

"시냐 히타 부인, 당신은 할 수 있어요. 제발, 당신이 가장 신성하게 여기는 하느님의 사랑으로, 또 당신 남편의 영혼을 위해 간청하오니 나를 죽음에서 구해 주세요. 내가 그 집으로 돌아가게 되면 나는 자살할 테니까요."

청년의 애원에 기분이 우쭐해진 시냐 히타는, 그에게 또 다른 감정을 불러일으키려고 노력했다. 그녀가 말하길, 신부의 삶이야말로 거룩하고 아름다운 것이며 언젠가 시간이 그가 지금 느끼는 혐오감을 더 잘 극복하게 해줄 것이었다. 하지만 다미앙은 머리를 흔들면서 절대로 그렇지 않다고 대답하며, 그녀의 손에 입을 맞추며 그것은 곧 자신의 죽음이라는 말을 반복했다. 그러자 시냐 히타는 오랫동안 머뭇거리더니 마침내 왜 대부를 만나러 가지 않느냐고 물었다.

"나의 대부요? 그는 내 아버지보다도 더 나쁜 사람이

에요. 그는 나를 거들떠보지도 않을 뿐만 아니라 다른 그 누구도 거들떠보지 않을 사람이라고요……."

"거들떠도 안 본다고? 그럼, 그가 정말 그러는지 아닌지 내가 보여주겠어……." 그녀가 한 혼혈 소년을 부르더니, 주앙 카르네이루 씨 집으로 달려가서 당장 여기로 오시라고 전하고, 혹시 집에 안 계시거든 어디 가면 찾을 수 있는지 물어보라고, 자신이 급히 이야기할 것이 있다고 전하라고 시켰다.

"어서 가렴!"

다미앙은 아주 크게, 그러나 슬픈 듯이 한숨을 내쉬었다. 그녀는 그런 지시를 내린 사람으로서의 자신과 그와의 관계를 포장하기 위해, 주앙 카르네이루 씨는 남편의 친구였으며 자신에게 어린 하녀 몇 명의 교육을 부탁했노라고 설명했다. 그러고 나서도 다미앙이 여전히 슬퍼하며 문가에 기대어 있자, 그의 코를 잡아당기며 웃고는 말했다.

"자, 자, 어린 신부님. 모든 것이 다 잘될 테니 안심하세요."

시냐 히타의 나이는 세례 증명서에 따르면 40세였지만, 그의 눈에는 27세로 보였다. 그녀는 늠름한 체구에 성격도 좋고 유쾌하며 또 늘 웃는 사람이었지만, 마음에 들지 않을 때는 악마처럼 화를 내기도 하는 사람이었다. 그녀는 다미앙을 즐겁게 만들고 싶었다. 상황이 여의치 않았음에도 불구하고 그녀는 금방 익살을 부렸다. 잠시 후 두 사람은 웃음을 터뜨렸다. 그녀는 그에게 재미있는 일화를 들려주었고 그에게 또 다른 이야기를 청했으며, 그 또한 재미있는 이야기를 해주었다. 그중에 아주 재미있는 이야기를 우스꽝스런 몸짓을 섞어가며 말했는데, 이를 듣고 있던 한 어린 하녀가 할 일을 잊은 채 다미앙을 빤히 쳐다보고 듣고 있다가 웃음을 터뜨리고 말았다. 그러자 시냐 히타는 소파의 발치에 있던 회초리를 집어 들고는 그 어린 하녀를 위협하며 소리를 질렀다.

"루크레시아, 회초리가 안 보이니?"

그러자 어린 하녀는 고개를 숙이며, 부인의 호된 질책을 모면하고자 했다. 그것은 경고였다. 저녁 무렵까지 일을 다 끝내지 못하면 루크레시아는 평상시처럼 벌을 받게 될 것이다. 다미앙은 그 어린 하녀를 바라보았다. 그 아이는 몹시 마르고 아주 남루한 옷을 걸치고 있었으며, 이마에는 흉터가 있고 왼손에 화상을 입은 작은 흑인 소녀였다. 나이는 11살쯤 되어 보였다. 그 아이는 기침하는 것처럼 보였지만 대화를 방해하지 않으려고 속으로 조용히 쿨럭거렸다. 그는 그 흑인 소녀가 가여웠다. 혹시 아이가 일을 끝내지 못하면, 자신이 이 아이를 도와줘야겠다고 마음먹었다. 그가 시냐 히타에게 아이를 용서하길 부탁한다면 그녀도 거부하지는 않을 것이다. 더욱이 그 흑인 소녀는 다미앙의 이야기가 재미있다고 생각해 웃었으니, 엄밀히 따지자면 잘못은 농담을 한 그에게 있었다.

그 시점에 주앙 카르네이루가 도착했다. 그는 자신의

대자代子가 그곳에 있는 것을 보고는 낯빛이 변한 채, 장황하게 상황을 설명하는 시냐 히타를 쳐다보았다. 그녀는 주앙 카르네이루에게, 신학교에서 그 청년을 빼내야 하며 성직자로서의 소명도 없고, 설령 신부가 되더라도 나쁜 신부라기보다는 질 떨어지는 신부가 될 것이라고 말했다. 그리고 신학교가 아닌 여기 밖에서도 주님을 사랑하고 또 봉사할 수 있다고 역설했다. 그러자 깜짝 놀란 주앙 카르네이루는 처음 몇 분 동안 대답을 하지 못하고 있다가, 결국 입을 열어 애먼 사람들을 괴롭히려고 온 대자를 꾸짖고 나서 그를 벌주어야 한다고 말했다.

"무슨 벌을요? 그게 뭐라고요? 왜 벌을 주는데요? 당신 친구인 다미앙의 아버지에게 가서 말하세요." 시냐 히타가 그의 말을 끊었다.

"난 아무것도 장담할 수 없고, 또 그게 가능하다고 믿지도 않소."

그러자 그녀가 어떤 암시적인 어조로 말을 이었다. "나는 가능하다고 장담해요. 만일 당신이 원한다면, 모든 것이 정리될 거예요. 그 사람에게 부탁하면 그도 동의할 거예요. 그러니 주앙 카르네이루 씨, 어서 가서 당신 대자가 신학교로 돌아가지 않을 거라고 하세요. 분명히 말하는데, 돌아가지 않는다고요……."

"하지만, 부인……."

"어서 가세요."

주앙 카르네이루는 감히 나갈 수도 또 그렇다고 그자리에 있을 수도 없었다. 이러지도 저러지도 못하는 상황이었다. 지금 그에게는, 이 청년이 성직자나 변호사나 의사나 또는 그 어떤 추잡한 인물이 되든 중요하지 않았다. 하지만 최악의 것은, 한편으로 결과에 대한 확신 없이 친구의 가장 내밀한 감정과 엄청난 싸움을 해야 한다는 것이며, 또 다른 한편으로 "돌아가지 않는다고요"라고 단호한 어조로 이야기하는 시냐 히타와 싸움을 해야 한다는 것이다. 어느 쪽이든 소란이 일어날 것이 분명했다. 주앙 카르네이루의 동공은 마치 환각에 빠진 듯했으며, 눈꺼풀은 떨리고 가슴은 헐떡이는 지경이었다. 그가 지금 히타에게 보내는 시선은, 미세한 비난의 빛이 뒤섞인 애원과도 같았다. 왜 그녀는 그에게 다른 것을 요구하지 않는 것일까? 왜 그녀는 그에게 비를 맞으며 어딘가로든, 이를테면 티주카나 자카레파구아까지 가라고 요구하지 않는 것일까? 왜 하필이면 자식의 진로를 바꾸도록 친구를 설득하라고 하는지……. 그는 친구를 잘 알고 있었다. 그의 얼굴에 꽃병을 내던져 깨뜨릴 수도 있는 인물이었다. 아! 저 젊은이가 쓰러져 갑자기 졸도를 하고 죽기라도 한다면! 잔인하긴 하지만 가장 확실한 해결책일지도 모른다.

"아니, 뭐 하세요?" 시냐 히타가 재촉했다.

주앙 카르네이루는 잠시만 기다려 달라는 손짓을 하였다. 그는 뭔가 해결책을 찾고자 고심하며 수염을 긁적거렸다. 오, 하느님! 교회를 해산하거나 아니면 신학교를 없애는 교황의 칙령이라도 있으면 모든 게 다 잘 끝날 수 있을지도 모른다. 그렇게 된다면 주앙 카르네이루는 집으로 돌아가 편하게 카드 게임이나 할 수 있을 텐데 말이다. 나폴레옹의 이발사가 아우스터리츠전투[1]를 지휘하는 책임을 맡았다고 상상이나 할 수 있겠는가……. 하지만 교회는 계속 존재하고 있고, 신학교도 마찬가지며, 대자인 저 젊은이도 졸도하지 않고 멀쩡히 벽에 기댄 채 어떤 해결책을 기다리며 눈을 내리깔고 있지 않은가.

"어서요, 어서 가시라니까요." 시냐 히타가 모자와 지팡이를 주면서 그를 재촉했다.

이제 다른 해결책은 없었다. 이발사는 면도칼을 케이스에 넣고, 칼을 들고 전투에 나섰다. 다미앙은 숨을 크게 내쉬었다. 겉으로 보기에 그는 여전히 두 눈을 바닥에 고정한 채 풀이 죽은 듯 낙심해 있었다.

"그만 우울해하고 저녁이나 먹으러 가요."

"부인께서는 그가 뭔가를 얻어올 거라고 믿으세요?"

"모든 것을 얻어와야지요. 자, 가요. 수프가 다 식겠어요." 시냐 히타가 자신만만하게 대답했다.

시냐 히타의 장난기 많은 천성과 가벼운 성격에도 불구하고, 다미앙은 저녁 식사 시간이 그날 오전에 비해 덜 유쾌했다. 그는 대부의 유약한 성격을 믿지 않았다. 하지만 저녁을 잘 먹었으며, 이내 아침나절의 농담 이야기로 되돌아갔다. 디저트를 먹을 때 거실에서 사람들이 웅성거리는 소리가 들려왔다. 다미앙은 누가 자신을 체

---

1 1805년에 나폴레옹 1세가 지휘하는 프랑스군이 제정 러시아와 오스트리아의 연합군을 아우스터리츠에서 격파한 전투.

포하러 온 것 아니냐고 물어보았다.

"여자들이겠지요."

그들은 식탁에서 일어나 거실로 들어갔다. 다섯 명의 이웃 여자들은 매일 오후 시냐 히타와 함께 커피를 마시러 와서 밤이 깊어질 때까지 머무르곤 했다. 그리고 저녁 식사를 마친 어린 하녀들은 다시금 뜨개질과 자수 작업에 여념이 없었다. 시냐 히타는 집 안팎의 이 모든 여자들을 이끌고 있었다. 실타래 돌리는 소리와 여자들의 잡담 소리는 다미앙이 모든 것을 잊고 포기까지 하게 한 신학과 라틴어에 비해 너무 이질적이고 또 너무 평범한 메아리처럼 울려 퍼졌다. 처음 몇 분 동안은 그 이웃 여자들 때문에 약간 수줍었지만, 시간이 지날수록 어색함은 금방 사라졌다. 여자들 중 한 명이 시냐 히타가 연주하는 기타 소리에 맞춰 유행가를 불렀으며, 저녁 시간은 그렇게 빠르게 지나갔다. 모임이 끝나기 전 시냐 히타는 다미앙에게 흑인 하녀 루크레시아를 웃게 만들었던 그런 재미있는 이야기를 또 해달라고 부탁했다.

"어서요, 다미앙 군. 부탁해요. 여자들이 가버리려고 하잖아요. 이들도 아주 좋아할 거예요."

다미앙은 어쩔 수 없이 그녀의 부탁을 들어줄 수밖에 없었다. 익살의 효과를 반감시키는 그녀의 과대 선전과 기대에도 불구하고, 이야기는 여자들의 큰 웃음 속에 끝났다. 만족한 다미앙은 루크레시아를 잊지 않고 그 아이도 웃었는지 확인하기 위해 그쪽을 쳐다보았다. 그런데 그 아이는 일을 끝내기 위해 머리를 파묻고 작업에 여

넘이 없었다. 비록 웃지 않았지만, 기침을 가장하는 것처럼 속으로 웃었는지도 몰랐다. 이웃 사람들이 집을 떠나고, 집 안은 다시 어둠의 적막에 잠겼다. 다미앙의 영혼도 밤이 되기 전에 또다시 침울해졌다. 무슨 일이 있는 것일까? 매 순간 그는 창살을 통해 밖을 살펴보았지만 그때마다 풀이 죽어 다시 제자리로 돌아오곤 했다. 대부의 그림자는 보이지 않았다. 분명히 아버지는 대부의 말을 중단시키고, 흑인 둘을 불러오라고 지시했을 것이다. 그러고는 그들을 시켜 경찰로 하여금 강제로 다미앙을 잡게 하여 다시금 신학교로 돌려보내려는 것이 틀림없었다. 다미앙은 시냐 히타에게 집 뒤에 출구가 있는지 물었고, 마당으로 뛰어가면 담을 뛰어넘을 수 있을 거라 생각했다. 그리고 발라가로 도망치는 길이 있는지, 아니면 자신을 받아줄 호의를 베풀 만한 이웃과 미리 이야기를 나누는 편이 더 좋을지 알고 싶었다. 가장 최악의 대책은 기다란 법의法衣를 입는 것이었다. 혹시나 시냐 히타가 긴 겉옷이나 낡은 코트를 마련해 줄 수 있는지⋯⋯. 시냐 히타는 곧바로, 자신이 두고 간 걸 기억할 수도 있고 잊었을 수도 있는 주앙 카르네이루의 긴 겉옷을 찾아 주었다.

"죽은 남편의 긴 겉옷이 있어요. 그런데 왜 이렇게 공포를 느끼는 거죠? 모든 일이 다 잘될 테니 걱정 말고 쉬어요." 시냐 히타가 웃으며 말했다.

밤이 깊어졌고, 마침내 대부의 하인이 편지와 함께 모습을 드러냈다. 상황은 여전히 복잡했다. 크게 분노한 아버지는 모든 것을 부수고 싶어 할 정도였다. 이 못된 놈이 다시 신학교로 돌아가야 한다고 고함을 질렀으며, 그렇지 않으면 알주베 감옥이나 감옥선[1]에 가둬야 한다고 소리쳤다. 주앙 카르네이루는 자신의 친구인 청년의 아버지로 하여금 즉시 결정을 내리지 말고 일단 잠을 자면서, 그렇게 순종적이지도 않고 사악한 녀석을 굳이 신앙에 봉헌하게 하는 것이 적절한 처사인지 잘 숙고해 보라고 설득하기 위해 무던히도 노력했다. 그는 보다 나은 명분을 얻기 위해 그렇게 하였노라고 편지에 설명했다. 다음 날 자신이 다시 친구를 찾아가 여전히 고집을 부리는지 알아보겠다고 하면서도 다미앙에게는 집으로 직접 가보라고 당부하며 글을 마쳤다.

다미앙은 편지를 읽고 나서 시냐 히타를 쳐다보았다. 또 달리 마지막 희망이 없다고 생각했다. 시냐 히타는 뿔로 만든 잉크통을 가져오라고 시키고는, 편지지의 절반쯤에 다음과 같이 답장을 썼다. "주앙 카르네이루 씨. 당신이 이 청년을 구원하든지, 아니면 우리가 결코 다시 볼 수 없든지 둘 중 하나입니다."

그러고는 편지를 봉인해 노예에게 주면서, 즉시 그에게 전하라고 시켰다. 그녀는 다시 낙담과 경악에 빠져 있는 다미앙에게 용기를 북돋우면서, 안심하고 이제부터 일은 자신이 도맡겠다고 말했다.

"내가 얼마나 쓸모가 있는지 보게 될 거라고! 아니지,

---

1 죄인을 가두어 두는 배.

내가 장난이 아니라는 것을 알게 될 거야!"

이제 하녀들의 일을 거두는 시간이 되었다. 시냐 히타는 작업을 일일이 검사했다. 모든 하녀들이 자신의 과업을 완수했지만 다만 루크레시아만이 여전히 실패를 돌리면서 일을 하고 있었다. 시냐 히타는 아직 작업이 끝나지 않은 것을 보고는 그녀에게 다가가 불같이 화를 내며, 그 어린 하녀의 귀를 잡아당겼다.

"이 못된 년 같으니라고!"

"마님, 마님, 성모님의 은총으로 제발!"

"못된 년! 성모님은 게으름뱅이는 지켜주지 않아!"

루크레시아는 있는 힘을 다해 부인의 손아귀에서 벗어나 안으로 도망쳤지만, 그녀는 곧 그 아이를 뒤쫓아 붙잡았다.

"이리 와!"

"마님, 제발 용서해 주세요!"

"용서? 못 해, 절대로!"

그렇게 두 사람은 방으로 돌아왔다. 한 명은 귀를 잡혀 발버둥 치며 울면서 애원하고 있었고, 또 다른 한 명은 절대로 안 된다며 벌을 주겠노라고 소리치고 있었다.

"회초리가 어디 있지?"

회초리는 방 반대쪽 낡은 소파 머리맡에 있었으며, 어린 하녀의 귀를 놓치고 싶지 않은 시냐 히타는 다미앙을 향해 소리를 질렀다.

"다미앙, 그 회초리를 갖다 주겠어요?"

다미앙은 한기를 느꼈다……. 잔인한 순간이다! 구름

하나가 그의 눈 위로 지나가고 있었다. 그렇다. 자기 때문에 일을 늦게 한 그 어린 하녀를 보호해 주겠노라고 맹세를 했었지…….

"다미앙, 그 회초리를 갖다 주세요!"

다미앙이 소파를 향해 걸어가자 그 어린 흑인 하녀는 주님과 아버지, 그리고 어머니와 모든 신성한 이름을 빌려 그에게 간청했다.

"제발, 저 좀 도와주세요, 젊은 주인님!"

시냐 히타는 불같은 얼굴을 한 채 눈알을 희번덕거렸다. 그리고는 자신에게 붙잡힌 채 몹시도 기침을 해대는 그 어린 하녀를 놓지 않으며, 회초리를 달라고 재촉했다. 다미앙은 양심의 가책을 크게 느꼈지만, 자신도 신학교에서 너무나도 벗어나고 싶었기에 소파로 다가가 회초리를 집어 들고는 시냐 히타에게 건네주고 말았다.

자정 미사

Missa do Galo

아주 오래전 열일곱이 되었던 그해, 나는 한 서른 살 여인과 나눈 그 대화를 결코 잊을 수 없다. 그날은 크리스마스 날 밤이었다. 이웃 사람과 함께 자정 미사에 가기로 약속을 한 터라 나는 아예 잠을 자지 않고 자정에 맞춰 이웃을 깨우러 가기로 했다.

내가 머물던 곳은 공증인 메네지스 씨의 집이었는데, 그는 나의 사촌과 첫 번째 결혼을 했었다. 지금은 두 번째 부인인 콘세이상과 그녀의 어머니와 살고 있었는데, 그들은 몇 달 전 예과 과정을 공부하기 위해 망가라치바에서 리우데자네이루로 온 나를 무척이나 환영해 주었다. 세나두가에 있는 그 이층집에서 나는 나의 책들과 주변 사람들과의 소소한 관계, 그리고 잦은 산책과 함께 평온하게 지내고 있었다. 그 집의 구성원은 공증인과 그의 부인, 장모, 여자 하인 두 명뿐으로 많지 않았다. 식구들은 모두 옛날 방식대로 살아가고 있어, 밤 10시에 각자의 방에 있었으며 10시 반이면 모두 잠자리에 들었다. 나는 한 번도 극장에 가본 적이 없던 터라 메네지스 씨가 극장에 간다고 말할 때면 나도 데려가 달라고 여러 번 부탁하곤 했다. 그럴 때마다 그의 장모는 얼굴을 찌푸리고, 여자 하인들은 숨어서 낄낄 웃곤 했다. 정작 메네지스 씨는 아무 대답도 하지 않고 옷을 차려입은 채 나가버렸으며, 그다음 날이 되어서야 돌아오곤 했다. 나중에서야 알게 된 바, 극장에 간다는 것은 사실 핑곗거리일 뿐이었다. 남편과 헤어진 여인과 사랑에 빠진 메네지스 씨가 그녀를 만나기 위해 일주일에 한 번씩 외박을 해오던 것이었다. 콘세이상 부인은 남편의 정부情婦의 존재에 대해 처음에는 고통스러워했지만 결국 체념하고 그 생활에 익숙해져 갔고, 한편으론 그런 일이 매우 옳은 일이라고까지 생각하고 있었다.

착한 콘세이상 부인! 그런 그녀를 사람들은 '성녀聖女'라고 불렀는데, 남편의 무관심과 방치를 너무도 쉽게 참아내고 있는 그녀에게 당연히 어울리는 표현이었다. 그녀는 정말 절제되고 극단적이지 않은 성격의 소유자였으며, 또한 아주 눈물이 많거나 웃음이 많은 그런 사람도 아니었다. 내가 보건대 그녀는 이슬람교적이라고 불러도 될 만큼 너그러운, 하렘까지 인정할 수 있는 구원자의 형상이었다. 내가 혹시 잘못 판단하였다면, 신이시여, 저를 용서하소서! 어쨌든 그녀는 머리부터 발끝까지 정도를 지켰고 수동적이었다. 그녀의 얼굴은 예쁘지도 못생기지도 않은 그저 그런 정도였는데, 그런 사람을 우리는 평범하지만 매력 있다고 말하곤 했다. 그녀는 또한 그 누구의 뒤에서도 험담하지 않았고 모든 것에 관용을 베푸는 사람이었으며, 그래서 미워하는 법을 모르거나 아니면 사랑하는 법까지도 모르는 것이 아닌지 의심될 정도였다.

크리스마스 밤에도 메네지스 씨는 극장에 갔다. 1861년 아니면 1862년이었다. 방학이었기 때문에 나는 망가라치바에 있어야 했지만, 좀처럼 접하기 어려운 궁정 자정 미사를 보기 위해 크리스마스 때까지 그곳에 머무르고 있었다. 식구들은 평소처럼 방으로 들어갔고, 나는 옷을 입고 나갈 준비를 한 채 입구 쪽 방에 있었다. 거기에서는 복도만 지나면 아무도 깨우지 않고 밖으로 나갈 수 있었기 때문이다. 문을 열 수 있는 열쇠는 세 개가 있었는데 하나는 메네지스 씨가, 하나는 내가 가지고 있었으며 다른 하나는 집에 있었다.

"근데 노게이라 군은? 그동안 뭘 할 겐가?" 콘세이상 부인의 어머니가 내게 물었다.

"책이나 읽으려고요, 이나시아 부인."

나는 〈코메르시우〉지에서 오래전 번역, 출간한 소설 『삼총사』를 갖고 있었다. 가족들이 잠든 사이 나는 방 한가운데 있는 탁자에 앉아 등유 램프 불빛 아래에서 다시 한번 달타냥의 여윈 말에 올라타 모험을 떠났다. 나는 곧장 알렉상드르 뒤마의 소설에 흠뻑 취했다.

보통 무언가를 기다릴 때와는 반대로 시간이 빠르게 흘렀으며, 열한 시를 알리는 시계 소리가 울렸는데도 시간이 지나고 있음을 거의 알아차리지 못했다. 그런데 집 안에서 들리는 작은 소음이 나를 독서에서 서서히 깨웠다. 그 소리는 거실에서 식당으로 이어지는 복도에서 나는 발걸음이었다. 나는 고개를 들었다. 이윽고 방문 앞에 선 콘세이상 부인이 보였다.

"아직 안 갔어요?" 그녀가 물었다.

"네, 아직이요. 아직 자정이 안 된 것 같은데요."

"참을성이 좋군요!"

콘세이상 부인이 침실용 슬리퍼를 끌면서 방으로 들어왔다. 그녀가 입은 크고 하얀 가운은 허리 쪽이 느슨하게 묶여 있었다. 그녀는 말랐기 때문에 내가 읽고 있던 그 모험 소설과 잘 어울리는 낭만적인 분위기를 띠고 있었다. 나는 책을 덮었으며 그녀는 긴 안락의자 옆, 내 바로 앞에 있는 의자에 앉았다. 내가 혹시 무심결에 소리를 내서 그녀를 깨운 게 아니냐고 물어보자 그녀는 곧바로 대답했다.

"무슨! 그런 거 아니에요! 눈이 떠져서 일어난 것뿐이랍니다."

나는 잠시 그녀를 뚫어지게 쳐다보고는 그 말을 의심했다. 그녀의 두 눈은 방금 잠을 깬 사람의 눈이 아니라 오히려 아직 잠들지 않은 사람의 눈처럼 보였기 때문이었다. 그렇지만 어쩌면 바로 나 때문에 잠을 못 이룬 것인지, 아니면 스스로 마음 아프고 괴로워하지 않으려고 내게 거짓말을 한 것인지 알 수 없어 나는 재빨리 생각을 거두었다. 왜냐하면, 이미 내가 말했듯이 그녀는 착하고 더없이 좋은 사람이었기 때문이다.

내가 입을 열었다.

"그런데 시간이 벌써 다 되었나 봐요?"

"이웃 사람이 잠자고 있는 동안에, 그렇게 안 자고 기다리는 참을성이 대단해요! 그것도 혼자서요! 귀신이 무섭지도 않으세요? 날 보면 무서워할 줄 알았어요."

"발걸음 소리가 나서 이상하긴 했지만, 부인이 나타나셨잖아요."

"그런데 무슨 책을 읽고 있었나요? 아, 대답하지 마세요, 알고 있어요. 소설 『삼총사』군요."

"네, 바로 그 책입니다. 아주 재미있어요."

"소설을 좋아하나요?"

"네, 좋아하죠."

"『혼혈인 소녀』[1]도 읽어봤나요?"

"작가 조아킴 마누엘 지 마세두의 책 말인가요? 망가라치바 집에 있어요."

"나도 소설을 무척 좋아하는데, 하지만 시간이 없어 조금밖에 읽어보지 못했어요. 당신은 지금까지 어떤 소설을 읽었나요?"

나는 내가 읽은 몇 권의 책 제목을 말하기 시작했다. 콘세이상 부인은 등받이에 머리를 기댄 채 반쯤 닫

---

1 『A Moreninha』. 조아킴 마누엘 지 마세두(1820~1882)의 로맨스 소설.

흰 눈꺼풀 사이로 잠긴 두 눈을 내게서 떼지 않고 응시하며 듣고 있었다. 가끔 입술을 적시기 위해 혀로 입술을 핥기도 했다. 내가 말을 끝냈을 때 그녀는 아무 말도 하지 않았고, 우리는 잠시 그렇게 있었다. 그리고 이어서 나는, 그녀가 머리를 곧게 펴고 손가락을 꼬아 그 위에 턱을 괸 채 팔꿈치를 의자 팔걸이에 대며 자신의 크고 민첩한 두 눈을 나에게서 떼지 않고 있는 것을 보았다. 나는 생각했다.

'부인이 지루해하는 것 같은데……'

그러고는 곧 큰 소리로 말했다.

"콘세이상 부인, 시간이 좀 된 것 같은데, 그러면 제가……"

"아뇨, 아뇨, 아직 이른데요. 지금 시계를 보니 11시 반이에요. 아직 시간 있어요. 당신이야말로 이렇게 밤을 새우고 나서 낮에 잠을 안 자도 되겠어요?"

"그런 적 많아요."

"난 안 되는데……. 밤을 새우고 나면 난 그다음 날 아무것도 못해요. 그래서 단 30분이라도 잠을 자야 하지요. 게다가 나도 이젠 늙어가니까요."

"늙다니요? 무슨 그런 말을……"

나의 따뜻한 그 말이 그녀를 미소 짓게 했다. 평상시에 그녀는 다소 느릿하고 조용한 태도를 보였는데, 지금은 재빨리 몸을 일으켜 방 반대쪽, 그러니까 거리로 난 창문과 남편의 서재 문 사이로 몇 걸음 걸어갔다. 그녀가 보여준 그러한 정돈되지 않은 모습은 나에게 독특한 인상을 주었다. 그녀는 비록 말랐지만 걸을 때면 마치 몸을 가누기 힘든 사람처럼 약간 비틀거렸는데, 그날 밤처럼 그녀의 관능적인 모습이 뚜렷하게 보인 적은 결코 없었다. 그녀는 여러 번 발걸음을 멈추고 커튼의 한편을 살피거나 선반에 올려진 물건들의 위치를 바꾸면서, 마침내 탁자를 사이에 두고 내 앞에 멈추었다. 그녀가 무슨 생각이었는지는 가늠할 수 없지만, 그녀는 여전히 내가 깨어 기다리는 것에 거듭 놀라워했다. 나는 그녀에게, 궁정에서 열리는 자정 미사를 본 적이 없어 그것을 놓치고 싶지 않다고 여러 번 반복해 말했다.

"시골에서의 자정 미사와 똑같겠죠. 모든 미사가 다 비슷하니까요."

"나도 그렇게 생각하지만, 이곳은 더 호화스럽고 사람들도 더 많을 거예요. 궁정에서의 성주간聖週間은 시골보다도 더 화려하고 장엄하잖아요."

그녀는 몸을 조금씩 조금씩 뒤로 젖혔다. 그러고는 대리석 탁자에 팔꿈치를 기대며 펼친 손바닥으로 얼굴을 감쌌다. 단추를 채우지 않은 옷소매가 자연스럽게 흘러내렸다. 나는 생각보다 덜 여위고 아주 깨끗한 그녀의 팔을 절반 정도 볼 수 있었다.

그 모습이 내게 새로운 것은 아니었다. 또 그렇다고 흔히 볼 수 있는 것도 아니었다. 하지만 그 순간만큼은 내게 커다란 인상을 남겼다. 그녀의 핏줄이 어찌나 새파랗던지, 등잔 불빛이 아주 희미했음에도 핏줄을 하나하나 셀 수 있을 정도였다. 콘세이상 부인의 등장은 분명 그 어떤 소설책보다도 나를 훨씬 더 자극했다. 나는 농촌과 도시의 축제에 대한 생각을 비롯해 여러 가지 것들을 입에서 나오는 대로 계속 지껄였다. 특별한 이유도 없이 그녀를 웃게 만들면서, 그리고 그녀의 고르고 하얗게 빛나는 이빨을 보면서. 나는 이런저런 주제에 대해 조금씩 바꿔서 말하거나 또는 처음부터 다시 말하고 있었다. 그녀의 두 눈은 아주 검지는 않았지만 약간 어두운 색깔이었으며, 길고 메마르며 약간 휘어진 코는 다소 의문을 나타내는 듯한 표정을 얼굴에 드리웠다. 내가 목소리를 조금 높여 말하자 그녀가 책망하듯 말했다.

"목소리를 좀 낮춰요. 엄마가 깨겠어요."

우리는 코앞에서 서로의 얼굴을 마주하고 있었으며, 그녀는 자세를 바꾸지 않았다. 그러한 사실이 오히려 야릇하게 느껴졌다.

사실 서로의 말을 듣기 위해서 크게 이야기할 필요는 없었다. 우리는 이미 서로 속삭이고 있었다. 그녀보다 내가 더 많은 말을 했고 그녀는 때때로 이마를 살짝 찌푸리며 매우 진지하게 내 말을 경청했다. 마침내 그녀는 피곤해졌는지 자세와 자리를 바꾸었다. 탁자 주위를 한 바퀴 돌아 내 옆으로 와서 긴 안락의자에 앉은 것이다. 그때 나는 돌아서서 그녀의 슬리퍼 끝을 슬쩍 볼 수 있었다. 하지만 아주 짧은 시간이라, 그녀의 긴 가운이 곧 슬리퍼를 덮고 말았다. 나는 슬리퍼가 검은색이었다고 기억하고 있다. 콘세이상 부인이 조용히 속삭였다.

"엄마가 주무신 지 좀 되었지만 잠이 무척 얕은 편이

시거든요. 지금 깨면 안타깝게도 그렇게 쉽게 잠에 들지 못하실 거예요."

"저도 그렇답니다."

"뭐라고요?" 그녀가 좀 더 잘 듣기 위해서 내 쪽으로 몸을 구부리며 물었다.

나는 긴 안락의자 옆에 있는 의자에 앉으며, 그녀에게 다시 그 말을 되풀이했다. 그러자 그녀는 우연의 일치에 웃음을 지으며 자신 또한 잠이 얕은 편이라고 대답했다. 우리 세 명은 똑같은 수면 습관을 가진 사람이 되었다.

"내가 종종 엄마 같을 때가 있어요. 그래서 잠에서 깨면 다시 잠들기가 힘들어서, 침대에서 하염없이 몸을 굴리거나 아니면 일어나서 촛불을 켜고 걸어 다니다가 다시 자리에 눕지만 그래도 잠을 못 이뤄요."

"그런 일이 오늘 또 일어났군요."

"아뇨, 그건 아녜요." 그녀가 나의 말을 끊었다.

나는 그녀가 왜 부정하는지 이해할 수 없었지만, 그건 그녀도 마찬가지였을지도 모른다. 그녀는 앞섶이 벌어진 가운의 허리 부분 양쪽을 잡은 채 다리를 꼬고 앉아 양쪽 옷자락을 무릎 위에 가지런히 모았다. 그녀는 이어서 꿈에 관한 이야기를 들려주면서, 어렸을 때 딱한 번 악몽을 꾼 적이 있다고 말했다. 그러고는 나도 악몽을 꾼 적이 있는지 물어왔다. 시간과 자정 미사에 대해 까맣게 잊어버린 채, 우리의 대화는 그렇게 천천히 또 오랫동안 계속되었다. 내가 어떤 이야기나 설명을 마치면 그녀는 또 다른 질문이나 주제를 만들어냈고, 그러면 나는 또다시 새로운 이야기를 이어가곤 했다. 그러면서 그녀는 종종 질책하듯 말했다.

"목소리를 낮춰요. 좀 더……."

그러면 우리의 대화는 잠시 멈추었다. 그녀가 두 번 정도 졸고 있는 것처럼 보였다. 그러나 잠시 닫힌 그녀의 두 눈은 더 뚜렷이 보기 위해 감았던 것마냥 졸음도 피곤한 기색도 없이 금방 다시 눈을 크게 떴다. 그러는 사이 한번은 그녀가 나에게 흠뻑 젖어버린 것 같은 느낌이 들었다. 그때 아주 천천히 그랬는지 아니면 재빠르게 그랬는지 모르겠지만 그녀의 눈이 다시금 감겼던 것이 기억난다. 그날 밤 나를 잠식했던 것은 뭔가가 내게서 잘려나간 듯한 느낌, 혼란스러운 바로 그 느낌이었다. 지금도 여전히 생생하게 기억하는 것은, 바로 그 순간, 다만 착하기만 했던 그녀가 매력적이고 아름다웠다는 것, 더할 나위 없이 아름다웠다는 것이다. 그녀가 팔짱을 끼고 일어서자 나도 그녀에 대한 예의를 갖추기 위해 자리에서 일어나려 했지만, 그녀는 마다하며 나의 어깨에 손을 얹고는 억지로 자리에 앉혔다. 나는 뭔가를 말하려고 했지만, 마치 등에 오한이 들린 것처럼 덜덜 떨면서 방금 전까지 앉아서 책을 읽던 그 의자에 그대로 앉고 말았다. 그리고 그녀는 긴 의자 위에 있는 거울을 바라보면서 벽에 걸려 있는 두 개의 그림에 대해 말하기 시작했다.

"이 그림들은 너무 낡았어요. 시키뉴에게 다른 그림을

사오라고 부탁했어요."

시키뉴는 다름 아닌 그녀의 남편이었다. 그림들은 남편의 주요 관심사를 암시하고 있었다. 하나는 클레오파트라 그림이었고, 나머지 하나는 주제는 모르겠지만 하여튼 여성들을 그린 그림이었다. 두 그림 모두 저속하긴 마찬가지였지만 그 당시 나에게는 추해 보이는 것까진 아니었다.

"아름다운데요." 내가 말했다.

"아름답긴 하죠. 하지만 좀 천박하잖아요. 나는 솔직히 두 명의 성인聖人이 그려진 그림을 더 원했거든요. 이런 그림은 청년의 방이나 이발소에 더 어울리지 않겠어요?"

"이발소요? 부인은 이발소에 가본 적이 없잖아요?"

"하지만, 상상은 돼요. 이발소 고객들은 자기 차례를 기다리면서 여성들과의 사랑에 대해 이야기할 테죠. 그러면 주인은 자연스럽게 아름다운 여자들 그림으로 손님들을 즐겁게 해주지 않겠어요? 이 집에 이런 그림들은 어울리지 않는다고 생각해요. 내 생각은 그래요. 물론 나는 이상한 생각도 많이 하지요. 어쨌든 난 저 그림들을 좋아하지 않아요. 나는 나의 수호성녀인 복되신 잉태 성모 마리아상을 갖고 있는데, 아름답긴 하지만 조각이라 벽에 걸 수 없답니다. 내 기도실에 있어요."

그녀가 기도실이라는 말을 하자 나는 불현듯 자정 미사가 떠올랐다. 미사 시간에 늦을지도 모르겠다고, 그리 말하려 했다. 나는 거의 입을 떼었다고 생각했다. 하지만 나의 영혼을 게으르게 만들고 또 미사 참석을 잊어버리게 만드는 그녀의 달콤하고 우아하며 또 아주 느긋한 목소리를 듣기 위해 곧바로 입을 닫고 말았다. 그녀는 자신이 어린 시절에 지녔던 신앙심에 대해 말했다. 그리고 이어서 무도회에서의 일화 몇 개와 소풍 이야기, 그리고 파케타섬에서의 추억 등을 거의 쉬지 않고 이런저런 얘기와 뒤섞어 늘어놨다. 그러다 과거 얘기에 싫증이 났는지 현재와 집안일에 대해서, 또 가정사에 대해서도 이야기했다. 그러면서 결혼 전에는 아주 피곤했던 많은 일들이 오히려 결혼하고 나니 아무것도 아니었더라는 말을 덧붙였다. 그녀가 직접 말을 해준 건 아니지만, 나는 그녀가 스물일곱 살에 결혼했다는 사실을 알고 있었다.

이제 그녀는 처음처럼 자리를 바꾸지는 않았지만, 원래의 자세를 거의 그대로 유지하고 있었다. 그녀의 눈은 더 이상 크고 기다랗지 않았으며, 멍하니 벽을 바라보고 있었다. 잠시 후 그녀는 혼잣말처럼 이렇게 중얼거렸다.

"방의 벽지를 좀 바꿔야겠어요."

나는 여하튼 어떤 대답이든 하기 위해, 또 쏟아지는 잠에서 벗어나기 위해 그렇게 하는 게 좋겠다고 동의했다. 내 혀와 감각을 저지하는 것이 무엇이든 상관없었다. 나는 대화를 끝내고 싶기도, 끝내지 않고 싶기도 했다. 그녀를 존중하는 마음으로 그녀에게서 시선을 떼려 애를 썼지만, 혹여 그녀가 내가 지루해한다고 오해할까 봐 다시 그녀를 향해 눈을 돌렸다. 대화는 점점 죽어가

듯 시들해졌다.

정확한 시간을 말할 수는 없어도 우리는 한동안 그렇게 완전한 침묵 속에 있었다. 유일하게 또 희미하게 들리는 소음은 서랍을 갉아먹는 생쥐 소리였으며, 그 소리는 일종의 비몽사몽에서 나를 깨웠다. 생쥐에 대해 뭔가를 말하고 싶었지만 적당한 방법이 생각나지 않았다. 그녀는 마치 백일몽을 꾸고 있는 것처럼 보였다. 그때 갑자기 밖에서 창문을 두드리는 소리가 들렸고, "자정 미사 갑시다! 자정 미사!"라고 외치는 목소리가 들려왔다.

그녀가 몸을 일으키며 말했다.

"당신의 동행자가 왔나 봐요. 당신이 깨우기로 했는데 정작 저 사람이 깨우러 왔으니, 당신은 운이 좋군요. 이제 가세요, 시간이 다 됐으니. 잘 다녀오세요!"

"벌써 시간이 됐나 보죠?" 내가 물었다.

"물론이죠."

"자정 미사 갑시다!" 밖에서 두드리는 소리가 반복해 들렸다.

"가세요, 어서 가세요. 기다리게 하지 말고. 내 잘못이네요. 다녀와요. 내일 만나요."

그리고 여전히 흔들리는 몸짓으로 그녀는 부드럽게 발걸음을 내디디며 복도를 지나 사라졌다. 나는 거리로 나가 기다리고 있던 이웃을 만나 함께 성당으로 향했다. 미사 내내 콘세이상 부인의 모습이 아주 여러 번, 17세를 맞이한 나와 신부神父 사이에서 어른거렸다. 다음 날 점심 식사 자리에서 나는 콘세이상 부인의 호기심을 자극하지 않고 자정 미사와 성당에 왔던 사람들에 대해 이야기했다. 그리고 오후 내내 그녀는 전날의 우리 대화를 기억 못 하는 듯 평소처럼 자연스럽고 온화한 모습으로 지냈다. 새해가 되어 나는 망가라치바로 돌아갔으며, 3월이 되어 리우데자네이루로 돌아왔을 때 그녀의 남편인 공증인 메네지스 씨는 뇌졸중으로 사망한 뒤였다. 콘세이상 부인은 엔제뉴노부에 살았지만, 나는 그녀를 방문하거나 만나러 가지 않았다. 나중에 나는 그녀가 남편의 사무실에서 일하던 서기와 결혼했다는 소식을 들었다.

유명인
Um Homem Célebre

"아! 당신이 페스타나 씨세요? 실례지만, 당신이 바로 그 사람 맞아요?" 시냐지냐 모타가 아주 크게 놀란 모습으로 물어보았다.

성가시고 짜증이 난 페스타나는 "네, 바로 그 사람입니다"라고 대답했다. 이마에 난 땀을 손수건으로 닦으며 피아노에서 일어난 그는, 한 젊은 여인이 그를 불러 세웠을 때 막 창가로 다가서고 있었다. 1875년 11월 5일, 생일을 맞은 아레알가의 미망인 카마르구와 함께 저녁을 먹으러 간 그날, 스무 명의 사람들이 모인 소박하고 친밀한 그 야회는 사실 무도회가 아니었다……. 선하면서 유쾌한 분위기를 좋아하는 미망인! 카마르구는 이제 막 60세로 접어들었음에도 불구하고 웃음과 오락을 사랑했다. 사실상 그때가 그녀가 마지막으로 즐기고 웃는 생일이었다. 다음 해인 1876년 초 그녀가 사망하게 되었기 때문이다. 진정으로 선하면서도 유쾌한 미망인! 저녁 식사 직후, 페스타나에게 카드리유[1] 춤곡을 연주해 달라고 청하면서 그녀는 혼신을 다해 춤을 추었다. 그녀의 요청을 마다할 수 없었던 페스타나는 부드럽게 목례를 하고 피아노 앞에 앉았다. 춤곡이 끝나고 10여 분간의 휴식 시간이 채 지나지도 않아, 미망인은 다시 페스타나에게 달려가 아주 특별한 호의를 베풀어 줄 것을 요청했다.

"말씀해 보세요, 부인!"

"〈나를 괴롭히지 마세요〉라는 당신의 폴카[2] 곡을 지금 연주해 주었으면 해서요."

페스타나는 낯을 찌푸렸지만 곧바로 표정을 바꾸며, 예의를 표하지도 않고 말없이 목례를 한 후 아무런 열정 없이 다시 피아노 앞으로 갔다. 첫 번째 소절을 연주하는 피아노의 선율이 울려 퍼지자 방에는 새로운 즐거움이 넘쳐났으며, 신사들은 숙녀에게 달려갔고 커플들은 세련된 폴카 춤에 맞춰 몸을 흔들었다. 최신 유행의 그 폴카 곡은 발표된 지 20일밖에 안 되었기에 세간 사람들에게는 아직 잘 알려지지 않았고, 고작해야 사람들의 흥얼거림과 콧노래 정도로만 불릴 뿐이었다.

시냐지냐 모타는 검고 긴 곱슬머리, 경계하는 듯한

1 18세기 말엽에서 19세기에 걸쳐 프랑스 궁정에서 시작되어 전 유럽에서 유행한 사교 댄스.
2 19세기 초에 보헤미아 지방에서 일어나 전 유럽에 퍼진 4분의 2 박자의 경쾌한 춤곡.

두 눈, 수염을 바싹 깎은 턱을 지니고 갈색 긴 외투에 파묻혀 저녁 식사 자리와 피아노 앞에 앉아 있는 페스타나가 바로 그 작곡가 페스타나와 동일 인물인지 꿈에도 몰랐다. 그런데 곁에 있던 다른 여인이 폴카를 막 연주하고 피아노에서 돌아온 사람이 그 사람이라고 말해주었고, 놀라운 마음에 페스타나에게 물어보았던 것이다. 그런데 그는 성가신 듯 짜증이 난 목소리로 대답했다. 그럼에도 두 여인은 여전히 너무나도 장황한 친절을 아끼지 않았다. 그가 아무리 겸손한 허영심으로 그러한 말을 듣고 만족할지라도 그는 더욱더 싫증과 피곤함을 느껴 결국에는 두통을 호소하면서 그만 가야겠다고 양해를 구했다. 집주인을 포함하여 그 자리에 있던 다른 여인들도 그를 더 오래 붙잡아 두지는 못했다. 그들은 그에게 상비약과 잠시의 휴식을 제공하려 했으나 그는 아무것도 받아들이지 않고 그만 가야겠다고 고집하며 밖으로 나오고 말았다.

거리로 나온 그는 혹시라도 자신을 다시 부를까 싶어 두려운 마음에 걸음을 재촉했고, 포르모자가 모퉁이로 접어들고 난 후에야 긴장을 풀었다. 하지만 그곳에도 역시 성대한 폴카 축제가 그를 기다리고 있었다. 오른쪽으로 몇 미터 떨어지지 않은 소박한 집에서 아까의 그 폴카 곡을 누군가가 클라리넷으로 연주하고 있었던 것이다. 사람들이 춤을 추는 모습도 보였다. 페스타나는 잠시 머뭇거렸지만 곧 계속해서 걸었다. 발걸음을 더욱 재촉해 길을 건너, 무도회가 있던 집의 반대편으로 계속 걸어갔다. 저 멀리 음악 소리는 점점 줄어들었고, 그는 살고 있던 아테하두가에 가까워졌다. 집 근처에 이르렀을 때 그는 두 남자가 오는 것을 보았는데, 한 사람은 페스타나를 스치고 지나치며 아까의 그 폴카 곡을 아주 힘차고 기품 있게 휘파람으로 불었고, 다른 한 사람은 거기에 맞춰 음악을 흥얼거리고 있었다. 그 두 사람이 즐겁고 시끄럽게 아랫길로 내려가자, 우리의 주인공 페스타나도 피곤한 모습으로 집으로 뛰어들 듯 들어갔다.

집에 들어선 그는 그제서야 크게 숨을 내쉬었다. 낡은 집. 오래된 계단. 그리고 그의 시중을 들며 저녁을 들길 원하느냐고 물어보는 늙은 흑인 남자.

"다른 건 필요 없고, 커피나 주고 가서 잠이나 자게!" 페스타나가 소리치듯 말했다.

그는 옷을 벗고 잠옷으로 갈아입고는 안쪽 방으로 들어갔다. 흑인 하인이 방안의 가스등을 켜놓자 페스타나는 슬며시 미소를 지으며 벽에 걸려 있는 열 점의 초상화를 마음속에 새기듯 응시했다. 그중 오직 하나의 그림만 유화였는데, 그것은 그를 교육하고 라틴어와 음악을 가르쳤던 신부의 초상화로, 다름 아닌 페스타나의 아버지였다. 확실한 것은 그 아버지가 페스타나에게 동 페드루 1세 시절의 오래된 집과 낡은 가구들을 유산으로 물려주었다는 점이다. 그 신부는 몇 개의 성가를 작곡했고, 신성하거나 혹은 세속적인 음악에도 재능이 있었으며 그러한 그의 취향은 어린 페스타나에게 그대로 주입

되거나 또는 피로 전달되었다. 남 말하기 좋아하는 사람들이 그 이유에 대해 잘 알고 속닥거리고 있지만, 그것은 내가 이 책에서 다룰 필요가 없는 부분이니 그저 독자들의 상상에 맡기고자 한다.

벽에 있는 또 다른 초상화들은 고전 음악 작곡가들, 즉 도메니코 치마로사와 모차르트, 베토벤, 크리스토프 글루크, 바흐, 슈만의 초상화였으며 나머지 세 점은 조각 혹은 석판화였다. 이 초상화들은 모두 제각기 다른 크기로 액자에 넣어져 성당의 성인들처럼 그 자리를 지키고 있었다. 피아노는 마치 제단과도 같았으며 그 밤의 복음서가 거기에 펼쳐져 있었는데, 그것은 바로 베토벤의 소나타였다. 하인이 몇 잔의 커피를 갖고 왔다. 페스타나는 첫 번째 커피를 마시고 피아노 앞에 앉았다. 그는 베토벤의 초상화를 바라보고는 자신도 모르게 열중하여 또는 심취하여 아주 완벽하게 소나타를 연주하기 시작했다. 그는 한 곡을 반복하여 연주하고 난 후 잠시 멈추고는 일어나 창가로 다가갔다. 그리고 다시 피아노로 돌아와서는 이번에는 모차르트를 연주했는데, 전과 같이 영혼에 몰두하듯 심취하여 연주했다. 그리고 자정이 되어서는 하이든의 곡을 연주했으며 그다음 두 번째 커피를 마셨다.

자정부터 새벽 1시 사이에 페스타나는 창가로 가서 별을 바라보거나, 방으로 가 벽에 걸린 초상화를 보는 것 외에 별다른 일을 하지 않았다. 이따금 피아노 앞으로 가서 선 채로 어떤 생각을 찾으려는 것처럼 건반을 거칠게 두들기기도 했지만, 생각이 떠오르지 않아 그는 다시 창가에 기대어 섰다. 별들은 하늘에 고정되어, 마치 누군가가 떼어내 주기를 기다리는 수많은 음표와도 같았다. 하늘이 빈 시간이 오겠지만 그때 지구는 수많은 악보의 별자리가 될지도 모른다. 그때 불현듯, 아무리 곰곰이 생각해 봐도 시냐지냐 모타에 대한 어떠한 이미지나 기억도 떠오르지 않았다. 그러나 지금 이 시각, 그녀는 어쩌면 자신이 그렇게도 사랑하는 폴카의 유명 작곡가인 페스타나를 생각하며 잠에 들었으리라. 어쩌면 부부가 될지 모른다는 생각에 잠을 뒤척일지도 모른다. 그럴 수 있을까? 그녀는 고작 스무 살이고 그는 서른 살인데 말이다. 그녀는 거의 외우다시피 하는 폴카 음악을 들으며 잠을 자고, 작곡가도 그녀도 신경 쓰지 않으며 오래된 고전 음악에만 몰두하면서 하늘과 밤에 의문을 제기하고, 천사에게 그리고 마지막에는 악마에게 애원하고 있는데 말이다. 왜 그는 불멸할 작품을 단 한 페이지도 만들지 못하는 것일까? 때때로 마치 무의식 깊숙한 곳에서 오로라와 같은 생각이 떠오르는 것처럼, 그는 피아노로 달려가 그 생각을 펼쳐놓고 소리로 옮겨 놓으려 했다. 그러나 그때마다 아무런 결실 없이 영감은 사라지고 말았다. 또 어떤 때는 피아노 앞에 앉아 마치 모차르트의 손가락에서 환상이 터져 나오고 있는 것처럼 자신의 손가락에서도 그러한 환상이 흘러나오도록 건반 위에서 무작정 손가락을 움직여보곤 했다.

하지만 자신에게는 아무것도, 정말 어떠한 영감도 떠오르지 않았고 상상은 잠자고 있을 뿐이었다. 그러다가 우연히 아름답고 결정적인 한 가지 생각이 떠오르기라도 하면, 그것은 자신의 기억 속에서 반복되고 있으며 또한 그가 작곡했다고 상상한 다른 누군가의 작품의 메아리일 뿐이었다. 그러면 그는 분노가 차올라 몸을 일으켜, 예술을 포기하고 커피콩을 재배하거나 마차를 끌겠다고 맹세했다. 그러나 곧 10분도 지나지 않아 그는 다시 모차르트의 초상에 눈을 고정한 채 피아노 앞에 앉아 그를 흉내 내고 있었다.

2시, 3시, 그리고 4시가 되었다. 4시 이후에야 그는 지치고 낙심하여 죽은 듯 잠자리에 들었다. 다음 날 수업을 해야 하기 때문이었다. 몇 시간 못 잔 그는 7시에 일어나 옷을 입고 아침을 먹었다.

"주인님, 지팡이나 양산을 들고 가실래요?" 주인의 변덕이 잦다는 것을 알고 있는 하인이 늘 지시받았던 대로 물었다.

"지팡이."

"그런데 오늘은 비가 올 것 같은데요."

"비가 올 것 같군." 페스타나가 기계적으로 대답했다.

"그럴 것 같아요. 하늘이 많이 어둡네요."

페스타나는 멍한 얼굴로 걱정하는 하인을 쳐다보았다. 그러더니 갑자기 말했다.

"기다려 보게."

그러고는 초상화가 있는 방으로 달려가 피아노를 열

고 앉아서 건반에 손을 펼쳐 놓았다. 그는 광고에서 얘기하는 것처럼 자신만의 것, 실제적이고 잘 준비된 영감으로 폴카를, 시끄러운 폴카를 연주하기 시작했다. 작곡하는 사람으로서 어떤 거부도 없이 그의 손가락은 음표를 뽑아내고, 그것을 흔들어 서로 연결했다. 마치 음악의 신 뮤즈가 곡을 만들고 때맞춰 춤을 추는 것과 같았다. 페스타나는 제자들과의 수업을 잊어버렸고, 지팡이와 우산을 들고 자신을 기다리고 있던 하인도 잊어버렸으며, 심지어 엄숙하게 벽에 걸려 있는 초상화조차 잊어버렸다. 그는 전날처럼 헛된 노력은 하지 않고, 그렇다고 격노하거나 하늘에 무언가를 요청하지도 않고 오로지 혼자서 건반을 두드리며 작곡했다. 모차르트의 눈빛도 의심하지 않았다. 전혀 지루하지 않았다. 생명과 은총 그리고 신선함이 마치 영원한 샘물처럼 그의 영혼에서 흘러나왔다.

아주 짧은 시간 만에 폴카가 완성되었다. 저녁 식사를 위해 집에 돌아왔을 때 그는 몇 가지 부분들을 수정한 뒤였다. 이미 사람들이 거리에서 그의 폴카 곡을 흥얼거리며 걷는 모습이 상상되었다. 그는 너무 좋았다. 이번 작곡에는 전에 없이 부성父性과 음악가로서의 직업의 피가 흐르고 있는 것 같았기에. 이틀 후 그는 그 작품을 이미 30여 곡이 넘는 자신의 다른 폴카 곡들을 출간한 출판인에게 가져갔다. 출판인은 너무나 아름다운 곡이라고 말하며 "대성공을 할 겁니다"라고 극찬했다.

다음 문제는 폴카 곡의 제목이었다. 페스타나는 1871

년에 첫 번째 폴카를 작곡했을 때 시적인 제목을 붙이고 싶었고, 그래서 '태양의 물방울'이라는 제목을 골랐다. 출판인은 그러나 고개를 저으며, 제목은 그 자체가 대중성에 목적을 두거나 또는 발표한 날의 성공을 암시하거나 아니면 단어의 미적 감각에 의해 정해져야 한다고 말했다. 그러면서 그는 '9월 28일의 법령' 또는 '아침은 파티를 열지 않는다'라는 제목을 제안했다.

"그런데 '아침은 파티를 열지 않는다'는 무슨 의미입니까?" 그가 출판인에게 물었다. 그러자 출판인은 "아무 의미는 없어요. 다만 인기를 빨리 얻죠"라고 대답했다.

아직 세간에 잘 알려지지 않았던 페스타나는 그 명칭들을 거부하고 자신의 폴카를 지켰다. 하지만 오래 지나지 않아 그는 또 다른 작품을 작곡하였고, 대중성을 향한 욕망이 그를 보다 매력적이며 적절한 것으로 생각되는 제목으로 곡을 발표하게끔 부추겼다. 그렇게 그는 앞으로 펼쳐질 앞날을 위해 나름대로 적절하게 처신한 것이었다.

그 후 페스타나는 또 다른 폴카 곡을 넘겨주었다. 제목을 정하고자 했을 때, 출판인은 페스타나가 제안한 첫 번째 작품에 대한 제목, 즉 '도나 여사, 그대의 바구니를 지켜주세요'가 겉멋만 들어 있고 길며 또 모호하다고 반박했다.

"다음에는 더 좋은 제목으로 가져 올게요."

아직 세간에 잘 알려지지 않았던 페스타나는 스스로 작곡가라는 이름을 거부했다. 그러나 작품 자체는 장르

61

에 적합했고, 독창적이고, 곡에 맞춰 춤을 추고 싶게 만들고 또 빨리 외울 수도 있었다. 단 8일 만에 그는 유명해졌다. 페스타나는 초기의 음악을 만드는 동안 진정으로 작곡을 좋아했고, 낮은 소리로 흥얼거리는 것도 좋아했고, 어떤 집에서 자신의 곡이 연주되는 것을 듣기 위해 길에서 멈추기도 했으며, 혹시라도 제대로 연주하지 못하면 화를 내기도 했다. 얼마 지나지 않아 극장의 오케스트라가 그의 음악을 연주하기도 했다. 어느 날 밤, 아테하두가를 걸어가는 한 사람이 그 곡을 휘파람으로 불 때도 페스타나는 싫어하지 않았다.

그러나 이 꿈과 같던 시간은 2주도 채 지속되지 못했다. 다른 때와 마찬가지로, 그리고 훨씬 더 빨리, 과거의 거장들은 그가 회한과 자책으로 피를 흘리게 했다. 화가 나고 부끄러움을 느낀 페스타나는 지금껏 여러 차례 자신을 위로해 줬고, 간교한 눈빛과 따뜻하고 은혜로운 제스처를 보여준 뮤즈에게 분노를 포출하였다. 그러자 스스로에 대한 혐오와 자신에게 새로운 폴카 곡을 요구하는 사람들에 대한 증오, 그리고 바흐와 슈만에 필적할 수 있는 고전적 느낌의 뭔가를 단 한 페이지라도 작곡하고자 하는 열망이 다시 그에게 밀려들었다. 헛된 공부여, 쓸데없는 노력이여! 그는 마치 세례도 받지 않고 요단강에 뛰어드는 것처럼 무기력해졌다. 그렇게 그는 의지만이 전부라고 확신한 채 쉬운 음악을 포기하면서, 자신감 넘치는 태도로 고집스럽게 수많은 밤을 보냈다.

"지옥으로 향하는 폴카는 악마도 춤추게 할 수 있어."

어느 날 새벽, 그는 잠자리에 들며 이렇게 중얼거렸다.

하지만 폴카는 그가 원하는 그 수준까지는 도달할 수 없었다. 폴카 곡들이 페스타나의 집, 초상화가 걸려 있는 그 방에 완벽히 갖춰진 채로 너무나 빨리 찾아왔고, 페스타나는 그저 작곡하고, 인쇄한 뒤 며칠 동안 흐뭇해하다가 금세 지루해졌다. 그러고는 결국 자신의 낡은 영감의 샘으로 돌아가야만 했다. 아무것도 흐르지 않는 그 샘으로. 그는 결혼할 때까지 그리고 그 후에도 이러지도 저러지도 못하는 상황에 처한 채로 살았다.

"누구와 결혼한다고요?" 시냐지냐 모타는 그 소식을 전한 공증인 삼촌에게 물었다.

"미망인과 결혼한다네."

"늙었나요?"

"아니, 스물일곱 살이라네."

"아름다운가요?"

"아니, 그렇다고 못생긴 것은 아니고, 그냥 그렇다네. 성 프란시스코의 마지막 축제에서 그녀가 노래를 부르는 것을 보고 사랑에 빠졌다더군. 그런데 그녀는 그렇게 드물지는 않은 재능을 또 하나 가지고 있어. 다름 아닌 폐결핵을 앓고 있거든."

그것은 사실이었다. 페스타나는 며칠 후 노래를 잘하고 폐결핵을 앓는 스물일곱 살의 미망인과 결혼했다. 그는 그녀를 천재의 영적 아내로 받아들였다. 독신 생활은 의심할 여지 없이 불임과 일탈의 원인이라고 스스로 말하며, 예술적으로 자신을 죽은 시간의 사기꾼이라고, 지금껏 멋만 부리는 폴카를 만들었다고 생각했다. 하지만 이제 그는 진지하고 심오하며, 영감으로 충만하고 정교하며 진지한 작품의 가족을 만들 것이다.

이러한 희망은 사랑의 첫 시작부터 싹이 터서 결혼의 첫 여명에 꽃을 활짝 피웠다. 마리아는 그의 영혼을 어루만져 주고, 수많은 밤의 고독과 수많은 낮 동안의 혼란 속에서도 찾지 못한 것을 그에게 선사해 주었다.

얼마 지나지 않아 그는 자신의 결혼을 기념하기 위해 야상곡을 작곡하리라 마음먹었다. 그리고 그 곡의 제목을 〈아베 마리아〉라고 칭할 수 있을 것 같았다. 행복은 그에게 영감의 기원을 가져다주었고, 아내에게는 처음부터 아무 말도 하지 않고 몰래 작업했다. 하지만 그와 똑같이 예술을 사랑하는 마리아가 피아노가 있는 초상화 방에서 몇 시간이고 그와 함께 연주하고 대화를 나누었기 때문에, 아내에게 작업을 숨기는 것은 쉬운 일이 아니었다. 페스타나의 친구들인 세 명의 예술가와 함께, 매주 일요일마다 음악 연주회를 열던 시절이었다. 그 일요일은 남편과 함께 있을 수 없었는데, 남편은 야상곡의 한 소절을 연주하기 위해 갑자기 아내를 불렀다. 그 야상곡이 어떤 것인지 또 누구의 것인지도 말해주지도 않았다. 그러자 갑자기 연주를 멈춘 그녀는 눈을 크게 뜨고 그에게 물었다.

"잠시만요, 쇼팽의 야상곡이 아닌가요?" 마리아가 말했다.

낯빛이 변한 페스타나는 허공을 응시하다가, 한두 소절을 반복하고는 몸을 일으켰다. 마리아는 피아노 앞에 앉아 기억을 더듬으며 쇼팽의 곡을 연주했다. 마리아가 연주한 쇼팽의 정념과 의도가, 페스타나가 연주했던 야상곡의 정념과 의도와 같았다. 페스타나는 그것들을 오래된 배신의 도시, 어두운 기억의 골목에서 발견하였었다. 돌연 슬픔이 몰려와 절망을 느낀 그는 집을 나와 상크리스토방으로 향하는 다리 쪽으로 걸음을 옮겼다.

"무엇 때문에 싸우고 있는 것인가? 나는 폴카와 함께할 거야. 폴카 만세!" 그가 혼잣말로 중얼거렸다.

그의 옆을 지나가던 사람들이 이 말을 듣고는 마치 미친 사람 보듯 그를 쳐다보았다. 그는 음악에 대한 야망과 소명 사이를 오가는 끝없는 셔틀콕처럼, 환상과 변민에 사로잡혀 걸어갔다. 오래된 도살장을 지나쳐 기찻길 입구에 다다랐을 때 그는 갑자기 선로 위로 올라가 첫 기차가 와서 그를 깔아뭉갤 때까지 기다리겠노라는 무서운 생각을 했다. 그러자 경비원이 그를 보고 뒤로 물러나라고 호통쳤다. 그제서야 그는 정신을 차리고 집으로 돌아갔다.

며칠이 지난 후—아마 1876년 5월의 어느 맑고 신선한 아침이었을 것이다—6시쯤, 페스타나는 자신의 손가락에서 특이하고 친숙한 떨림을 느꼈다. 밤새도록 기침을 하다가 이제야 깊이 잠든 마리아를 깨우지 않으려고 천천히 그리고 조용히 몸을 일으켰다. 그는 초상화가 걸린 방으로 가서 피아노를 열고는, 최대한 조용하게 폴카를 연주했다. 그 곡은 가명으로 발표한 작품이며, 이후 두 달 동안 그는 두 곡의 폴카를 더 작곡하고 발표했다. 마리아는 그 사실을 전혀 몰랐다. 어느 날 밤, 겁에 질려 절망한 남편의 품에 안긴 채 그녀는 심하게 기침을 하며 죽어갔다.

그날은 크리스마스 이브 밤이었다. 이웃집에서 자신의 최고의 폴카 몇 곡이 연주되면서 무도회가 열린 탓인지 페스타나의 고통은 더욱 심해졌다. 이런 무도회를 참기 힘들어진 지 오래였고, 그가 만든 작품들은 자신에게 역설과 타락의 느낌을 주고 있었다. 그는 자신의 작품에서 어쩔 수 없이 드러나는 그런 감정을 통해 춤을 추는 사람들이 옮겨 놓는 발걸음의 박자를 느꼈고, 어쩌면 그들의 음란한 동작을 상상하기도 했다. 이 모든 상상이, 향유를 바른 창백한 시신이 침대에 늘어져 있는 바로 그 자리에서 일어나고 있었다……. 그 밤의 모든 시간은 그렇게, 마치 보이지 않는 위대한 페스타나의 폴카 음악처럼 멈추지 않고, 천천히 혹은 빠르게 그리고 땀과 눈물과 향수와 염소화 소다가 범벅인 채로 흘러가고 있었다.

아내의 장례가 끝난 후 홀아비가 된 페스타나는, 아내 마리아의 죽음 1주기에 연주할 레퀴엠(위령미사곡)을 작곡한 후 음악을 그만둘지 말지 하는 단 한 가지 고민에 사로잡혀 있었다. 그는 서기나 우체부, 행상인 등 이미 죽어 귀가 먼 예술, 즉 음악을 잊게 만드는 다른 직업을 선택해야 할 것 같았다.

레퀴엠 작곡을 시작했다. 그는 모차르트를 흉내 내어 과거에 그가 그랬던 것처럼 대담함과 인내, 명상, 심지어 우연한 변덕까지 모든 것을 동원했다. 그리고 그는 모차르트의 레퀴엠을 다시 들어보고 또 연구했다. 몇 주가 지나고 또 몇 달이 흘렀다. 애초 생각했던 것보다 과정이 느려졌다. 그 자신도 기복이 심했다. 어떤 때에는 불완전하다고 느꼈고, 경건한 마음도, 생각도, 영감도 그리고 방법도 전혀 떠오르지 않았다. 그리고 또 어떤 때에는 갑자기 자신의 마음이 부풀어 오르는 것처럼 활기차게 작업하기도 했다. 8개월이 지나고, 9개월, 10개월 그리고 11개월이 지나도 레퀴엠은 완성되지 않았다. 그는 전보다 두 배의 노력을 들였으며, 수업도 잊고 또 친구도 잊어버렸다. 작품을 여러 번 고치고 또 고쳤다. 하지만 이제는 무슨 일이 있어도 작품을 끝내고 싶었다. 15일 전, 8일 전 그리고 5일 전…… 아내의 1주기 기념일 새벽에도 그는 여전히 작업에 여념이 없었다.

그는 자신만을 위한, 간절히 기도하는 소박한 미사에 만족해야만 했다. 그때 그의 눈에 슬그머니 스며든 그 눈물이 남편으로서의 눈물인지 아니면 작곡가로서의 눈물인지는 알 수 없다. 확실한 것은 다시는 그가 레퀴엠 작곡으로 돌아가지 못했다는 사실이다.

"왜, 무엇 때문에?" 그는 스스로에게 물었다.

그렇게 또 1년이 흘렀다. 1878년 초, 출판인이 다시 찾아왔다.

"우리에게 당신의 영광스러운 작품을 보여 주지 않은 지가 벌써 2년이 되었네요. 모두가 당신이 재능을 잃었는지 물어보더군요. 완성된 작품이 있나요?" 출판인이 물었다.

"아니요. 아무것도 없소."

"당신을 아프게 한 그 충격적인 일에 대해 잘 알고 있습니다. 하지만 벌써 2년이 지났어요. 나는 당신에게 새로운 계약을 제안하고자 합니다. 12개월 동안 20개의 폴카 곡이고, 값은 예전 그대로, 그리고 판매 시 더 높은 인세율을 적용하겠습니다. 그리고 1년이 지나면 재계약을 할 수도 있습니다."

페스타나는 그의 제안에 머리를 끄덕이며 동의했다. 그는 수업도 거의 없었고 빚을 갚기 위해 집을 팔았으며 게다가 남은 돈도 필요한 것을 사는 데 턱없이 부족하여, 출판인의 제안을 곧바로 수용했다.

"하지만 첫 번째 폴카는 바로 당장 만들어야 합니다. 아주 급합니다. 황제께서 카시아스에게 보낸 편지[1]를 보셨습니까? 자유주의자들이 권력을 잡았고, 그들은 선거 개혁을 단행하려고 합니다. 그래서 새로이 만드는 폴카에는 〈직접선거 만세!〉라는 제목이 붙어야 합니다. 음악이 정치는 아니지만, 지금의 상황에 가장 잘 어울리는

---

1 동 페드루 2세 치하에서 1842년 발생한 자유주의자들의 반란 사건은 당시 브라질 제국을 뒤흔든 해방주의 운동으로, 보수파에 대항해 자유주의파가 주도한 것이었다. 당시 황제는 카시아스 공작을 파견하여 반란을 잡으려 독려하는 편지를 보냈고, 자유주의자 반란군의 공격을 받아 패전하기도 했지만 결국 반란군을 격퇴했다.

훌륭한 제목이니까요."

페스타나는 계약대로 첫 번째 작품을 만들었다. 오랜 침묵에도 불구하고 그는 독창성과 영감을 잃지 않았으며, 예전의 천재성을 그대로 지니고 있었다. 다른 폴카 곡들은 정기적으로 만들어 보냈다. 그는 초상화와 다른 물건들을 내다 팔지 않고 보존할 수 있었다. 그러나 새로운 시도에 빠지지 않기 위해, 매일 밤 피아노 앞에서 시간을 보내는 것은 피했다. 이제 그는 훌륭한 오페라나 예술가의 콘서트가 있으면 항상 무료입장권을 요청했고, 그때마다 극장에 가서는 한쪽 구석에 박혀 그의 머리에서는 결코 샘솟지 않는 그런 영감을 즐기기도 했다. 한 번 혹은 두 번인가 그가 음악에 취해 집에 돌아오면 듣도 보도 못한 거장의 음악가가 그의 내부에서 깨어나곤 했다. 그럴 때 그는 피아노 앞에 앉아 아무런 생각 없이 20분이나 30분 후 잠에 들 때까지 몇 개의 음표를 끄적이곤 했다.

그렇게 세월이 지나 1885년이 되었다. 페스타나의 명성을 따져 보자면 그가 폴카 작곡가 중 최고라는 데는 의심의 여지가 없었다. 하지만 브라질이라는 나라에서의 1등보다는 로마에서의 2등을, 아니 100등을 더욱 선호했을 이 카이사르에겐 그 사실이 전혀 만족스럽지 않았다. 그는 여전히 자신의 작품에 대해 시기별로 아주 다른 세간의 비평을 잘 알고 있었다. 처음 몇 시간 동안 그리 열정적이지도, 처음 몇 주 동안 그리 소름 끼치지

도 않아 하다가, 곧 약간의 즐거움과 약간의 지루함으로
바뀌는 세평을 말이다.

그해에 그는 열병에 걸렸다. 증세가 단 며칠 만에 악
화하여 아주 위태로운 상태가 되어버렸다. 그 병에 대해
알지 못하는 출판인이 와서는 보수주의자들의 권력이
다시 부상했다는 소식을 전하며 당시 상황에 걸맞은 폴
카를 작곡해 달라고 요구할 때, 그는 이미 위급한 상태
였다. 극장의 가난한 클라리넷 연주자인 간호사가 출판
인에게 페스타나의 상태에 대해 말해주고 나서야 출판
인은 상황을 이해하고 입을 다물었다. 출판인은 그의 말
을 따르면서, 다음과 같이 덧붙였다.

"하지만 완전히 낫게 되면 그때는 가능하겠지요."

그러자 페스타나는 "열이 좀 내리면 그때……"라고
대답했다.

몇 초간의 침묵이 이어졌다. 간호사는 약을 준비하기
위해 살금살금 아주 조용히 자리를 떴고, 출판인도 자리
에서 일어나 인사를 건네며 막 나가려고 했다.

"그럼, 안녕히!"

페스타나가 대답했다.

"이봐, 내가 며칠 안에 죽을지도 모르니 두 개의 폴카
를 만들어줄게. 나머지 하나는, 자유주의자들이 다시 권
력을 잡았을 때 사용하라고."

이것이 그가 생애 처음으로 던진 농담이었다. 이제는
시간이 되었다. 왜냐하면 그는 다음 날 새벽 4시 5분에,
보통의 사람들처럼 그렇게 숨을 거두었기 때문이다.

정신과 의사

O Alienista

제1장

어떻게 이타구아이시市가 정신병원을 갖게 되었는가

이타구아이시의 역사 사료에 따르면, 아주 오래전에 그 지역 귀족의 자제이며 브라질과 포르투갈 그리고 스페인의 의사 중 최고였던 시망 바카마르치 박사라는 인물이 살았다. 그는 포르투갈의 코임브라와 이탈리아의 파도바에서 공부했으며, 코임브라에 머물며 대학을 이끌거나 아니면 수도 리스본에서 왕실 군주의 업무를 처리해 줬으면 하는 왕의 요청과 만류에도 불구하고 34세가 되던 해에 브라질로 귀국했다.

"폐하, 과학이야말로 저의 유일한 소명이며 이타구아이는 저에게 우주와도 같은 곳입니다." 그는 왕에게 이렇게 말했다.

그렇게 말한 후, 그는 이타구아이시에 정착하여 독서와 치료를 병행하고 또 습포濕布 요법과 이론을 시연하며 온 힘을 기울여 과학 연구에 몰두했다. 그는 40세에 예쁘지도 않고 매력도 없는 다른 지역 판사의 미망인인 25세의 에바리스타 다 코스타 이 마스카레냐스와 결혼했다. 타고난 마멋[1] 사냥꾼이자 솔직함과는 거리가 먼 그의 삼촌 중의 한 명은, 그의 배우자 선택에 무척 놀라워했다. 그러자 시망 바카마르치는 삼촌에게, 에바리스타 부인이야말로 1등급의 생리학적, 해부학적 조건을 갖추고 있으며 소화력도 좋고, 규칙적으로 잠도 자고, 좋은 맥박과 뛰어난 시력도 가지고 있어 자신에게 튼튼하고 건강하며 지적인 자식을 안겨줄 능력이 충분한 여자라고 설명했다. 게다가 똑똑한 지식인의 유일한 걱정거리라 할 수 있는 그런 점들 외에도, 그녀는 용모도 볼품없기 때문에 이런 남편을 얻게 된 것에 후회는커녕 오히려 하느님께 감사하고 있었다. 그래서 그는 그녀의 저속하고 배타적인 무관심 속에서 과학에 대한 자신의 흥미와 관심에 소홀하지 않을 수 있었다.

하지만 바카마르치 박사의 기대에 어긋나게도 에바리스타 부인은 건강하지 않았으며 아주 보잘것없는 자식조차 안겨주지 못했다. 과학의 자연적 본성은 모름지기 오랜 시간을 인내하는 것인지, 그는 3년을 기다렸고, 또 4년을 기다렸고, 또 이어서 5년을 기다렸다. 그 긴 시간

---

1 다람쥐에 가까운 대형의 설치류.

동안 박사는 연구에 더욱 깊이 몰두했으며, 이타구아이로 가져온 아랍 작가와 다른 작가 들의 저술을 다시 읽었고, 이탈리아와 독일의 대학들에 자문을 구하여 마침내 부인에게 특별한 식이요법을 권하게 되었다. 하지만 오로지 이타구아이의 맛있는 돼지고기로만 영양을 섭취해온 고명한 부인은 남편의 충고를 따르지 못했다. 게다가 남편의 권유에 대한 그녀의 저항—설명할 수 있지만 납득할 순 없는— 은 바카마르치 가문의 완전한 소멸에 대한 책임을 져야 할지도 몰랐다.

그러나 과학은 그 모든 슬픔을 치유하는 형언할 수 없는 특별한 선물을 지니고 있었으며, 우리의 의사는 의학 연구와 실습에 더욱 완전하게 몰두할 수 있었다. 그때 그의 마음 한구석에 특별히 자리 잡은 것은, 다름 아닌 정신 분석과 뇌 병리 검사였다. 당시 식민지 브라질에도, 또 포르투갈 본국에도, 그와 유사한 주제는 전혀 개척되지도 않았으며 막 시작되었기에 그 분야의 권위자는 단 한 명도 없었다. 시망 바카마르치는 포르투갈의 과학, 특히 브라질의 과학이 대내적으로는 환희와 찬사를 받아 자신의 표현대로 "불멸의 금자탑"을 세울 수 있을 것이며, 대외적으로는 현자에게 어울리는 겸손함으로 포장할 수 있으리라 믿었다.

그는 외쳤다.

"정신의 건강함이야말로 의사의 가장 고귀한 책무이다!"

"진정한 의사의 책무이지요"라고 박사의 친구이자 그

와 공생 관계에 있는 마을의 약제사인 크리스핑 소아리스가 거들었다.

역사가들에 의해 비난받고 있는 많은 과실 중 하나는, 이타구아이 시의회가 정신병자들을 전혀 돌보지 않는다는 것이었다. 아주 포악하게 미친 자들은 자신의 집 작은 방에 갇혀 치료도 받지 못하고 죽음이 삶의 은총을 망가뜨릴 때까지 방치되어 지내고 있었으며, 덜 미친 자들은 멋대로 거리에 나돌아 다니곤 했다. 시망 바카마르치 박사는 그러한 최악의 관습을 조만간 바로 잡을 수 있을 것으로 생각했다. 그는 시의회를 향해 정신병자들의 가족이 박사 자신에게 지급할 수 없는 병원비나 봉급을 의회가 대신 지급하여 이타구아이뿐만 아니라 다른 지역 마을의 정신병자를 수용하고 치료할 수 있는 건물을 건설할 것을 요구했다. 그러한 제안은 온 마을의 관심을 불러일으켰지만, 한편으로 과거의 불합리하고 나쁜 관습을 근절하는 것은 당연히 힘들 것이라는 저항에 부닥치고 말았다. 미친 사람들을 같은 집에 두고 함께 살게 하는 것은 그 자체로 일종의 미친 짓처럼 보였고, 또한 의사는 자신의 부인조차 설득하지 못했다.

마을의 교구장인 로페스 신부가 부인에게 말했다.

"보세요, 에바리스타 부인. 당신 남편이 리우데자네이루를 돌아다니면서 늘 뭔가를 연구한다고 하는데, 그거 좋지 않습니다. 마음을 돌리도록 하세요."

그러자 겁에 질린 에바리스타 부인은 남편에게 자신

은 남편과 함께 리우데자네이루로 가 자신을 위해 준비된 특별한 음식을 먹는 소망밖에 없다고 애원했다. 그러나 다른 사람들과는 확연히 차이 나는, 희귀한 영민함을 지닌 위대한 남편은 아내의 의도를 꿰뚫고는 자신은 어떠한 두려움도 없다고 웃으며 대답했다. 그리고 그는 시의원들이 자신의 요구안을 논의하는 시의회로 가서 능숙한 언변으로 자신의 제안을 주장했고, 대부분의 시의원들이 그의 요구를 허락해 주었으며 동시에 불쌍한 정신병자들의 치료와 수용, 식량을 보조해 주는 비용 문제도 표결했다. 비용 문제는 해결이 쉽진 않았지만 결국 이타구아이시에서 전부 부담하기로 했다. 그리고 오랜 논의 끝에, 비용을 위한 세금 충당 방안으로 장례용 말에 두 개의 장식 깃털 사용을 허용하는 안이 결정되었다. 장례용 마차의 말들에 깃털 장식을 하고 싶은 사람은 시의회에 2토스탕[1]을 지불해야 하며, 사망 시각과 마지막 절차인 매장 시각 사이의 시간 경과에 따라서 이 금액이 배가되게끔 했다. 그런데 시의회 서기는 새로운 세금 부과의 예상 수익에 대한 산술적 계산에서 실수를 범했다. 그럼에도 애초부터 의사의 사업 계획을 믿지 않았던 시의원 중 한 명은 서기의 잘못된 계산을 문제 삼지 않았다.

그는 소리쳤다. "계산이 맞든 틀리든 중요한 건 아니잖아요? 어차피 바카마르치 박사는 아무것도 하지 못할

---

1 tostão. 브라질의 옛 화폐 단위.

테니까요. 그렇게 미친 사람들이 한곳에 모여 있는 것을 누구 한 명이라도 본 적 있습니까?"

하지만 그의 말은 맞지 않았다. 의사는 모든 것을 준비하고, 시의회의 허가를 받는 즉시 병원을 건설하기 시작했다. 그렇게 당시 이타구아이시에서 가장 아름다운 거리인 노바가에는, 한쪽으로 50개의 창문이 있고 중앙에 마당이 있으며 수많은 작은 병실을 갖춘 병원이 처음으로 세워졌다. 병원을 바라보면서 의사는 위대한 아라비아의 학자처럼 생각했다. 이슬람 경전 코란에서 마호메트는 미친 자들은 곧 신성한 자들이라고 선포했다. 알라 신이 이성을 빼냈기 때문에, 미친 자들은 죄를 짓지 않는다는 것이었다. 그러한 생각은 그에게 아름답고 심오한 감흥을 주었고, 그는 병원의 정면에 그 의미를 담은 조각을 새기도록 했다. 그러나 이슬람교 상징을 조각으로 새긴 것을 두고 교구 신부가 책망할까 두려웠다. 게다가 교구 신부를 통해 주교에게 말이 전달될 수도 있었다. 그래서 박사는 그 조각이 사실 교황 베네딕토 8세의 생각에 의한 것이라는 말을, 경건한 사기에 해당될 말을 했고, 그는 점심을 먹는 동안 로페스 신부로부터 그 저명한 교황의 삶에 대한 장광설을 들어야만 했다.

이타구아이시에서 처음으로 녹색으로 칠해진 창문 색깔에서 이름을 따서, 그 병원은 카자 베르지[1]라는 이름을 갖게 되었다. 병원 개원식은, 이타구아이시와 인근

1 Casa Verde. "녹색의 집"이라는 뜻.

지역 그리고 아주 먼 지역과 심지어 리우데자네이루에서부터 몰려온 사람들로 인산인해를 이뤘다. 일주일 동안 축하연이 계속되었다. 병원에는 이미 수많은 정신병자들이 수용되었으며, 환자 가족들은 환자들이 받게 될 자애로운 보살핌과 기독교적 자비심을 확인할 수 있었다. 남편의 명예에 한껏 만족한 에바리스타 부인은 화려한 옷을 입고 보석과 꽃 그리고 비단 리본으로 치장했다. 분명 그녀는 모든 사람의 기억에 남을 그날의 진정한 주인공이 틀림없었다. 모든 사람이 당시의 수수하고 세속적인 관습에도 불구하고 그녀를 두 번, 세 번 만나는 것을 마다하지 않으며, 그녀를 찬양하고 예를 갖추었다. 이러한 사실은 당시 사회로서는 대단히 영광스러운 것이었다고 기록은 전하고 있다. 사람들은 그녀에게서 고귀한 정신의 소유자이자 탁월한 남자의 행복한 아내의 모습을 엿보았으며, 사람들이 그녀에게 느낀 부러움은 다름 아니라 숭배자의 거룩하고 고귀한 시기심이었다.

이레째 되는 날, 개원식의 공개 축하연은 끝이 났고 이타구아이시에는 드디어 정신병원이 공식적으로 들어서게 되었다.

제2장
물밀듯이 밀려오는 정신병자들

사흘 후, 약제사 크리스핑 소아리스와의 허물없는 대

화 중에 정신과 의사는 자신의 마음속 내밀한 비밀을 털어놓았다.

"소아리스 씨. 확실하게도 자비심이 나의 의료 행위와 처신에서 중요한 바탕이 되지만, 그것은 소금처럼 양념과도 같은 것이지요. 그래서 나는 성 바오로가 고린도서에서 '내가 모든 것을 알고 모든 지식을 가졌다고 하더라도, 사랑이 없으면 나는 아무것도 아닙니다'라고 썼던 말처럼 나의 생각을 펼치고자 합니다. 카자 베르지 병원에서의 가장 주된 나의 작업은 정신병의 다양한 형태를 심도 있게 연구하는 것이고, 그것을 등급화하여 마지막에 그 원인과 완전한 치료 약을 개발하는 것입니다. 이것이 바로 나의 가장 큰 비밀이고 희망입니다. 그것이야말로 인류를 위한 가치 있고 훌륭한 봉사라고 나는 믿고 있습니다."

"더할 나위 없는 최고의 봉사이지요." 약제사가 덧붙였다.

"이 병원 없이는 내가 할 수 있는 것이 적지만, 병원은 진정 나의 연구에 많은 지원을 해주고 있습니다."

"엄청나게 많은 지원이지요."

박사의 생각은 옳았다. 이타구아이시와 이웃 지역으로부터 정신병자들이 카자 베르지 병원으로 물밀듯이 밀려들었다. 그들은 광폭하게 미친 자들과 유순한 자들 그리고 한 가지 일에만 몰두하는 편집증 환자들로, 마치 영혼으로부터 버림받은 가족과 같았다. 4개월이 지날 무렵, 카자 베르지 병원은 마치 하나의 마을처럼 인산인해를 이루었다. 애초 만들었던 작은 방들로는 수용이 불가하여, 방 서른일곱 개가 딸린 부속 건물을 더 지어야 했다. 로페스 신부는 세상에 그렇게나 많은 정신병자가 있는 줄 상상조차 못했으며, 또 어떤 환자는 설명조차 불가능할 정도의 중증이라고 걱정했다. 예를 들면, 우둔하게 생긴 시골뜨기 같은 한 청년은 매일 점심 식사 후에 규칙적으로 철학자 키케로, 아풀레이우스, 테르툴리아누스 등 그리스와 로마 인물들의 구절을 인용하며 비유와 대조, 축약이 섞인 학술 강연을 떠벌리곤 했다. 신부는 그 모습을 보고도 믿을 수 없었다. 그런데 그 청년은 3개월 전만 하더라도 거리에서 제기나 차던 인물이 아니었던가!

"확실히 미쳤다고 말하는 것은 아닙니다만, 그러나 신부님께서 지금 보고 있는 것이야말로 있는 그대로의 진실입니다. 매일의 일상이 그렇습니다." 박사는 말했다.

신부가 대답했다.

"내가 보기에는, 성경에서 가르치는 대로 그것이 오직 바벨탑에서의 언어의 혼란에 의해서만 설명될 수 있다고 보입니다. 어쩌면 이성이 제대로 작동하지 않기에, 오래전부터 뒤섞여 있던 언어가 지금에 와서 쉽게 바뀌는 것 아닐까요……."

"그건 확실히 이 현상에 대한 신성한 설명이 될 수는 있을 겁니다. 그러나 순수하게 과학적이고 인간적인 이성 역시 존재한다는 것이 불가능한 것만은 아니기에, 나는 그것을 다루고 치료하고자 하는 것입니다"라고 박사가 잠시 생각한 후에 대답했다.

"그렇게 해보세요, 나도 진실로 기대하겠습니다!"

사랑 때문에 미쳐버린 자들도 서너 명 있었는데, 그 중 두 명은 섬망에 의한 것이었다. 그 첫 번째는 25세의 청년 팔캉으로 그는 자신이 금성이라고 믿었으며, 팔을 벌리고 다리를 쭉 펼치고는 태양이 자신의 빛으로 인해 물러났는지를 물어보며, 마치 빛의 형상을 주는 것처럼 그렇게 오랫동안 서 있었다. 또 다른 환자는 세상의 끝을 찾기라도 하는 양 언제나 하염없이 복도를 따라 방들과 마당을 돌아다녔다. 그는 제비 같은 멋쟁이 남자를 따라간 여자에게서 버림받은 불행한 사람이었다. 남녀가 도망치자마자 그는 권총으로 무장한 채 추적에 나섰고, 두 시간이 지난 후 호수 근처에서 그들을 발견한 다음 아주 참혹하게 살해하고 말았다. 질투심은 복수의 뜻을 이루었지만, 그는 미쳐버리고 말았다. 그 이후 그는 도망자를 추적하며 세상 끝까지 가고자 하는 욕망에 사로잡히게 되었다.

위대한 일에 대한 광기는 놀라운 전형을 갖고 있었다. 가장 놀라운 사람은 보부상의 아들인 불쌍한 환자로, 그는―결코 어떤 사람도 쳐다보지 않았기 때문에―벽에 대고 자신의 족보를 허황되게 늘어놓곤 했다.

"하느님은 알을 낳고, 알은 검을 낳고, 검은 다윗을 낳고, 다윗은 제왕을 낳고, 제왕은 공작을 낳고, 공작은 후작을 낳고, 후작은 백작을 낳았는데, 그 사람이 바로 나다!"

그러고는 손으로 자신의 이마를 찰싹 치면서, 그러한 족보 이야기를 대여섯 번씩 계속 반복하곤 했다.

"하느님은 알을 낳고, 알은……."

비슷한 증상의 또 다른 별난 환자는 왕의 시종을 위해 자신을 노예로 팔았던 서기였으며, 또 다른 환자는 미나스제라이스 지방에서 모든 사람에게 소를 나눠주던 광기를 가진 소몰이꾼이었다. 그는 한 사람에게 300마리를, 또 다른 사람에게는 600마리를 그리고 또 다른 사람에게는 1,200마리를, 이처럼 계속해서 배가되는 수만큼 소를 나눠주었다고 한다. 여기서 종교적 편집증의 사례를 늘어놓을 것은 아니지만, 원래는 스스로를 '하느님의 요한'이라고 불렸지만 이제는 '신神 요한'이라고 주장하는 사람, 가르시아의 예를 마지막으로 들고자 한다. 그는 자신을 경배하는 사람에게는 천국을 약속하고, 그렇지 않은 사람에게는 지옥의 형벌이 떨어질 것이라 주장했다. 학사學士 가르시아는 그런 다음 아무 말도 하지 않았는데, 자신이 말을 하는 순간, 하느님으로부터 부여받은 전지전능한 능력으로 인해 하늘의 모든 별이 떨어져 온 땅을 불태울 것이라 상상했기 때문이다.

이렇게 그 지역 역사가는, 박사가 자비심을 위해서라기보다는 더 큰 과학적인 관심을 위해서 행한 내용을 자세하게 기록해 놓았다.

진정 박사의 인내심은 카자 베르지 병원의 모든 정신병자들의 광기보다도 훨씬 크고 놀라웠다. 시망 바카마르치 박사는 행정직 인력을 조직하기 시작했다. 그는 약제사 크리스핑 소아리스의 제안을 받아들여 그의 조카 두 명을 고용해 그들에게 시의회에서 통과된 규정의 실행을, 그리고 음식과 의복의 분배와 기록하는 일을 맡겼다. 그것은 그가 오로지 자신의 일인 연구와 치료에만 전념하기 위한 최선의 방법이었다.

박사는 교구 신부에게 "카자 베르지 병원은 이제 현세의 정부와 영적인 정부가 함께 존재하는 세상이 되었습니다"라고 말했다. 그러자 신부도 농담으로 화답하려는 듯 피식 웃으며 "그렇게 하세요, 아무럼 그렇게 하세요. 내가 교황님에게 당신을 고발할 수도 있어요"라고 대답했다.

병원 행정의 짐을 벗은 박사는, 환자들을 광범위하게 분류하는 작업에 박차를 가했다. 먼저 그는 정신병자들을 심한 광기의 환자들과 유순한 환자로 크게 구분하고 하위분류로 편집증, 망상 그리고 다양한 환각을 앓는 환자로 구분했다. 그러고 나서는 각각 환자들의 습관과 발병 시간, 좋아하는 것과 싫어하는 것, 말과 행동, 성향을 분석하고 환자의 삶과 직업, 습관, 정신병의 발작 환경, 과거에 당한 사고, 또 다른 질병, 가족력, 음란성 등 사법관도 하지 않을 그 모든 조사에 주도면밀하게 파고들었다. 그러곤 매일매일 새로운 관찰 내용과 흥미로운 사실, 특별한 현상 들을 기록했다. 동시에 박사는 영리함과 인내심의 덕택으로 아랍의 지식에서 배운 것뿐만 아니라 그 자신이 터득해 온 방법을 동원하여, 최선의 식이요법과 약물, 치료 방법과 억제 방법을 연구했다. 이 모든 작업에는 정말 많은 시간이 걸렸다. 그는 거의 잠을 자지도 못하고 또 먹지도 않으며 작업에 매달렸다. 그리고 과거의 사례에 의문을 가지거나 어떤 문제에 빠지기라도 하면, 거의 일하면서 끼니를 때우는 경우가 허다했다. 어떤 때에는 저녁 식사 시간 내내 에바리스타 부인에게 단 한 마디도 건네지 않을 때도 있었다.

제3장
하느님은 자신이 하시는 일을 알고 있다!

두 달이 지날 무렵, 고귀한 에바리스타 부인은 자신이 세상에서 가장 불행한 여인이라고 생각하기 시작했다. 그녀는 심각한 우울증에 빠져 얼굴이 창백해져 갔으며 잘 먹지도 않아 여위었고, 구석진 곳에서 한숨만 쉬기 일쑤였다. 그녀는 마음속으로 남편을 지극히 존중하고 있었기 때문에 감히 불평이나 질책을 하지는 못했다. 다만 말없이 혼자 고통을 감내하며 갈수록 눈에 띄게 쇠약해져 갔다. 어느 날 저녁 식사 때, 남편이 무슨 일이 있느냐고 물어보아도 그녀는 슬픈 어조로 아무 일도 없다고 대답했을 뿐이다. 하지만 잠시 후 그녀는 감히 용기를 내서, 자신이 예전처럼 과부가 된 것 같다고 말하고는 한마디를 덧붙였다.

"내 안에 미치광이가 여섯 명이나 들어 있다고 어찌 말할 수 있으리오……."

그녀는 끝까지 말을 잇지 못했다. 아니 그보다 앞서, 크고 검고 마치 오로라처럼 축축한 광선에 젖은 두 눈을 들어 천장을 바라보았는데, 그 눈은 뭔가를 묘하게 암시하고 있었다. 그녀의 몸짓은 남편 시망 바카마르치가 그녀에게 청혼할 때와 똑같았다. 그녀는 남편이 신봉하는 과학을 단번에 내치며 적어도 손을 쓰지 못하게 만들려는 못된 의도로 자신의 무기를 휘두르지는 않았지만, 적어도 그러한 뜻은 눈에 비치고 있었다. 어쨌든 남편은 그녀에게 어떤 의사를 표현하지 않았으며 화를 내지도 않았고 또 놀라지도 않았다. 그의 차가운 금속 같은 두 눈은 딱딱하며 매끄럽고 영원하여, 보타포구만灣 바닷물의 고요한 표면조차 한 치의 주름도 잡지 못하게 할 정도였다. 야릇한 미소가 그의 입술 사이로 번지며, 마치 찬양의 기름처럼 부드러운 언어가 그의 입에서 흘러나왔다.

"리우데자네이루에 다녀오는 것이 좋겠소."

에바리스타 부인은 발바닥이 붕 뜨는 듯 마음이 설레었다. 한 번도 가본 적 없는 리우데자네이루, 그곳은 그녀에게 지금처럼 창백한 그림자가 깃든 곳은 아닐 테고, 어쨌든 이타구아이시보다는 뭔가 더 특별한 장소일 것이었다. 그녀에게 리우데자네이루에 간다는 것은 마치 히브리 포로들의 꿈과 같은 것이었다. 남편이 자리 잡은 지금 이곳에서 그녀는 무엇보다도 도시의 좋은 공기를 호흡할 수 있다는 마지막 희망을 잃어버렸다. 그렇기에 남편은 지금 그녀의 소녀 시절과 처녀 시절의 꿈을 실현하도록 권유하는 것이나 마찬가지였다. 그녀는 남편의 제안에 혹하는 마음을 감출 수 없었다. 그런 그녀의 마음을 잘 아는 시망 바카마르치가 그녀에게 손을 내밀며 미소를 지었는데, 그 미소에는 부부로서의 따뜻한 애정이 깃들었을 뿐 아니라 다음과 같은 뜻으로 해석될 수 있는 아주 철학적인 의미가 담겨져 있었다.

'영혼의 아픔에 대해서는 특별한 약이 없는 법이오. 지금 당신이 날로 쇠약해지는 것은 내가 당신을 사랑하지 않는 것처럼 보이기 때문이오. 그래서 리우데자네이루 여행을 제안하는 것이니, 가서 위안을 받으시오.' 이 현명한 남자는 그렇게 자신의 내밀한 관찰을 실행에 옮기려는 것이었다.

하지만 그녀는 마음에 비수가 찔리는 느낌이었다. 그래도 마음을 진정시키며 남편에게 말했다. 자신은 홀로 길에 놓이고 싶지 않기에, 남편이 가지 않으면 자신도 가지 않겠다고 말이다.

"당신 숙모와 함께 가도록 하오." 남편이 대꾸했다.

에바리스타 부인은 이미 그 점에 대해 생각을 했었다. 그 방안이 가장 합리적인 판단이긴 해도, 남편이 우선 적잖은 비용을 부담해야 하기 때문에 속마음을 드러내지 않았던 것이다.

"오! 하지만 비용이 너무 많이 들잖아요!" 그녀는 확신 없이 한숨을 내쉬며 말했다.

"그게 뭐가 중요하오? 우리는 돈을 많이 벌었소. 어제도 회계 직원이 내게 장부를 보여줬는데, 한번 보겠소?"

그리고 남편은 회계 장부를 가져왔다. 거기에 은하수처럼 막대한 숫자가 쓰여 있는 것을 본 에바리스타 부인은 깜짝 놀랄 수밖에 없었다. 이어 남편은 금고를 가져왔고 그 안에는 돈이 가득했다.

오, 하느님! 어마어마한 금화가 번쩍이고 있는 금고는 말 그대로 풍요와 부유함의 상징이었다. 그녀가 크고 검은 눈으로 그 금화들을 먹어치울 듯이 바라보고 있는 동안에, 남편은 그녀를 뚫어지게 쳐다보며 무엇인가 야릇한 암시를 하듯 나직이 속삭였다.

"내 안에 미치광이가 여섯 명이나 들어 있다고 어찌 말할 수 있으리오……."

에바리스타 부인은 그 말의 의미를 이해하며, 낙담의 미소를 짓고는 대답했다.

"하느님은 자신이 하시는 일을 알고 있지요!"

그로부터 3개월이 지난 후, 드디어 에바리스타 부인의 여행이 실현되었다. 부인을 비롯하여 그녀의 숙모, 약제사의 아내, 조카, 의사가 리스본에서 만난 신부 그리고 이타구아이시에서 구한 대여섯 명의 몸종과 네 명의 여자 하인으로 구성된 수행원들은 5월의 어느 날 아침, 주민들이 배웅하는 가운데 길을 떠났다. 이별은 의사를 제외한 모든 사람에게 슬픈 일이었다. 에바리스타 부인의 솔직하고 하염없는 눈물은 남편의 마음을 흔들지 못했다. 오로지 과학만을 신봉하는 그에게는 과학 이외의 그 어떤 것도 감동적인 것이 없었기 때문이다. 그 순간 안절부절못하고 예리한 시선으로 군중을 둘러보며 그의 마음을 우려하게 만든 것은, 혹시라도 어떤 미치광이가 다른 정상적인 사람들과 함께 섞여 있지나 않을까 하는 생각 그 이상도 이하도 아니었다.

"안녕히 가세요!" 여자들과 약제사가 흐느끼며 말했다.

그렇게 부인과 일행은 떠났다. 약제사 크리스핑 소아리스는 집으로 돌아오자마자 자신이 타고 온 노새의 두 귀를 바라보았고, 시망 바카마르치 박사는 마구간에 말을 넣은 뒤 먼 지평선으로 시선을 돌렸다. 평범한 사람과 천재의 생생한 이미지! 한 사람은 눈물과 그리움을 지니고 현재를 응시하지만, 다른 한 사람은 오로라의 광채를 지니고 미래를 바라본다.

제4장
새로운 이론

에바리스타 부인이 눈물과 슬픔 속에서 리우데자네이루를 여행하고 있는 동안, 시망 바카마르치 박사는 심리학의 근간을 넓히기 위하여 대담하고 새로운 생각을 다방면으로 연구하고 있었다. 카자 베르지 병원에서 환자를 돌보고 남는 모든 시간에 그는 길을 걷거나 아니면 집집마다 돌아다니며 이런저런 문제에 대해 사람들과 얘기를 할 여유도 없이 분주하게 지내고 있었다.

3주가 지난 어느 날 아침, 바쁘게 약을 조제하던 약제사 크리스핑 소아리스는 의사가 그를 찾는다는 전갈을 받았다.

"아주 중요한 일이라고 하셨어요." 문지기가 그에게 전했다.

크리스핑 소아리스의 낯빛이 어두워졌다. 여행을 떠난 사람들 또는 아내의 소식이 아니라면 그 어떤 중요한 일이겠는가? 크리스핑 소아리스가 부인을 사랑하고 또 서른 살 이후로는 단 하루도 부인과 떨어져 지낸 적이 없다는 사실이 마을의 역사 기록에 명확하게 기술되어 있기 때문에, 전언에 대한 약사의 추론은 타당했다. 그렇기에 그러한 그의 혼자만의 생각과 요즘 따라 하인들을 자주 나무라는 그의 행동은 납득할 수 있었다. "어서 잘하라고! 누가 너희에게 세자리아의 여행에 동의하라고 시켰어? 아부꾼들 같으니라구, 천박한 아첨꾼들! 그저 바카마르치 박사에게 잘 보이려고 그런 게지! 그러니 참고 어서 일하라고! 참으란 말이야, 이 겁 많고 고약한 종놈들아! 너희들은 모든 것에 아멘이라고 하잖아, 그렇지? 그래야 뭔가 이득이 떨어지잖아, 이 야비한 것들……!" 그는 이렇게 자신뿐 아니라 다른 사람에게도 해서는 안 될 욕지거리를 내뱉고 있었다. 그런데 지금 그가 전달받은 전언의 효과는 달랐다. 그는 전언을 듣자마자 약을 제조하던 일을 그만두고 날아가듯이 카자 베르지 병원으로 달려갔다.

시망 바카마르치 박사는 목에까지 차오르는 감격과 기쁨에 겨워 그를 맞이했다.

"나는 지금 무척이나 만족하고 있소." 박사가 말했다.

"여행을 떠난 사람들의 소식입니까?" 약제사가 떨리는 목소리로 물어보았다.

박사가 거만한 몸짓을 하며 대답했다.

"아주 고귀한 과학 실험에 관한 것이지요. 내가 실험이라고 말한 이유는, 전부터 내 생각을 감히 확신할 수 없었기 때문이오. 소아리스 씨, 과학은 곧 끊임없는 연구요. 그 실험이란 것은 지구의 얼굴까지 바꿀 수 있는 것이랍니다. 나의 연구 대상인 정신병은 지금까지 이성의 바다에서 잃어버린 섬으로 여겨졌지만, 나는 그것이 육지가 아닌가 하는 의심이 들기 시작했소."

이렇게 말하고 나서 박사는 약제사의 충격을 가늠하기 위해 잠시 입을 닫았다. 그러고 나서는 자신의 생각을 아주 길게 설명했다. 그의 개념에 따르면, 정신병은 광범위한 뇌의 표면을 뒤덮고 있으며, 그는 그것을 추론과 교과서 그리고 사례들을 다분히 모방하여 연구했다. 그는 역사와 이타구아이시에서 그러한 실례들을 찾았지만 이타구아이시의 모든 사례를 인용하는 것의 위험을 인식하여 역사에 묻어두었다. 그렇게 그는 과거의 유명한 인물들, 즉 가족 중 악마가 있었던 철학자 소크라테스와 좌파에 극단적으로 경도된 파스칼, 마호메트 그리고 로마 황제인 카라칼라와 도미티아누스, 칼리굴라 등을 예로 들며 혐오스러운 실체와 우스꽝스러운 실체가 한데 어우러진 경우와 사람들을 지적했다. 약제사가 논리의 복잡성에 대해 놀라워했기 때문에, 박사는 그에게 모든 것은 똑같은 것이라고 말하며 엄숙하게 한마디를 덧붙였다.

"소아리스 씨, 잔인함은 진정으로 기괴합니다."

"놀랍군요, 정말 놀랍습니다!" 크리스핑 소아리스가 손을 하늘로 치켜들며 환호했다.

광기나 미친 짓의 영역을 확장한다는 주장에 대해 약제사는 다소 엉뚱하다고 생각했지만, 그러나 겸손함이 자신의 미덕이었기에 더없이 만족하는 표현 이외에 다른 말을 할 수 없었다. 그러므로 박사의 생각이 진정으로 놀랍다고 주장하며, 그것이 "마트라카[1] 케이스"라고 덧붙였다. 현대에 들어와 이러한 방식은 사용되지 않지만, 당시 식민지 거주지를 비롯한 다른 마을과 마찬가지로 이타구아이시에서는 언론이라는 것이 없었기에, 뉴스를 전하는 방법이 두 가지가 있었다. 하나는 손으로 쓴 벽보를 의회와 교회 문에 부착하는 것이고, 두 번째는 한 사람이 하루 또는 수일 동안 마트라카로 딱딱 소리를 내며 사람들이 많은 거리와 집집마다 돌아다니면서 소식을 전달하는 방식이었다.

마트라카를 치면 사람들이 모여들게 되고, 그러면 그는 질병 치료제나 경작지 안내, 소네트[2], 성당 헌금, 마을 최고의 독설가 그리고 올해의 최고 연설 등에 대해 알렸다. 이 제도는 공공의 평화를 유지하는 데엔 부적절했지만 사람들에게 널리 알려주는 기능으로는 유용했

---

1 남미에서 유래한, 나무로 된 타악기.
2 soneto. 14행의 짧은 시로 이루어진 서양 시가.

기에 오래 지속된 방법이었다. 예를 들어, 카자 베르지 병원 개원에 가장 반대했던 시의원 중 한 명은, 그 어떤 동물도 길러본 적이 없었지만 뱀과 원숭이들의 완벽한 조련사라는 명성을 얻었는데, 그것은 오랜 시간 마트라카를 활용하는 세심함을 보여주었기 때문이었다. 심지어 몇몇 사람들은 그 시의원의 가슴 위에서 방울뱀이 춤을 추는 것을 보았다고도 주장했다. 이는 완전히 날조된 주장이었지만, 마트라카 제도에 대한 절대적인 신뢰 때문에 가능한 일이었다. 사실, 현재의 관점에서 보아도 과거의 모든 제도와 방식을 깔볼 것만은 아닌 것이다.

"내 생각을 발표하는 것보다 더 나은 것은, 그 생각을 실천하는 것입니다." 박사는 약제사의 의중을 헤아리며 대답했다.

그러자 약제사는 박사의 견해에 큰 이견을 보이지 않으며, 실천하는 것이 더 낫다는 데 동의했다.

"마트라카를 통해 알려줄 시간은 항상 있는 법이지요."

시망 바카마르치는 그래도 잠시 생각에 잠기더니 이렇게 말했다.

"나는 인간의 영혼이 커다란 조개 같다고 상상하는데 말이오, 소아리스 씨. 내 목적은 진주, 즉 올바른 이성을 뽑아낼 수 있는지 확인하는 겁니다. 다른 말로 하자면 우리가 이성과 광기의 경계를 명확하게 짓는 것입니다. 이성은 모든 기능의 완벽한 균형이고, 그것에서 벗어난 것은 단지 광기일 뿐입니다."

박사로부터 그 새로운 이론을 들은 로페스 신부는 솔직하게 이론을 이해하지 못한다고 말했다. 그는 그것이 터무니없는 것이며, 터무니없는 것이 아니라면 원칙적으로 실행할 가치도 없는 그런 것이라고 반박했다.

"모든 시대의 정의定義이기도 한 현재의 정의에 따르면, 광기와 이성은 완벽하게 경계가 정해져 있습니다. 그래서 그 하나가 어디에서 끝나고, 또 다른 하나는 어디에서 시작하는지 당신도 알고 있잖아요. 무엇 때문에 그 경계를 넘어서려 합니까?"

박사의 얇고 신중한 입술 위로 경멸과 연민이 혼재된 희미한 미소의 그림자가 스쳐 지나갔다. 하지만 그의 마음속 어떠한 말도 입 밖으로 나오지 않았다.

과학은 그저 신학에 손을 내미는 것에 만족했다. 그러한 과학의 자기 확신에, 신학은 결국 스스로를 믿어야 할지 아니면 다른 것을 믿어야 할지 모르고 있었다. 이타구아이시는 이제 혁명의 목전에 놓여 있었다.

제5장
공포

나흘이 지난 후, 이타구아이시 주민들은 코스타가 카자 베르지 병원에 수용되었다는 놀라운 소식을 접했다.

"있을 수 없는 일이네!"

"있을 수 없는 일이기는! 오늘 아침 수용되었다는데."

"하지만, 사실 그는 그럴 가치조차 없는데……. 더군

다나 그가 그동안 한 일이 얼마나 많은데……."

코스타는 이타구아이시에서 가장 존경받는 시민 중 한 명이었다. 그의 삼촌은 포르투갈의 왕, 동 주앙 5세에게서 40만 크루자두[1]를 물려받았다. 이 돈을 조카 코스타에게 물려준 삼촌이 유언장에서 밝힌 바에 따르면 그 돈은 "세상 끝날 때까지 편히 살 수 있는" 만큼의 액수였다. 코스타는 유산을 받자마자 빠르게, 높지 않은 이자로 한 사람에게는 1천 크루자두, 다른 사람에게는 2천 크루자두, 또 다른 사람에게는 3백, 그리고 또 다른 사람에게는 8백 크루자두를 빌려주어, 5년이 지날 무렵 그의 수중에는 단 한 푼도 남아 있지 않게 되었다. 그에게 가난이 어느 날 갑자기 찾아왔다면 이타구아이시의 공포는 실로 엄청났을 것이다. 하지만 실상 불행은 아주 천천히 다가왔다. 그는 아주 풍요로움에서 충족함으로, 충족함에서 평범함으로, 평범함에서 가난으로 그리고 가난에서 아주 빈곤함으로 점진적으로 다가섰다. 그가 거리 끝에 나타나기라도 하면 모자를 벗어 땅바닥까지 내려 인사하던 사람들이 5년이 지난 지금은 아주 친근하게 그의 어깨를 치거나 코를 가볍게 튕기면서 그를 멍청이, 바보라고 놀려대었다. 그래도 코스타는 언제나 순박한 미소를 지었다. 여전히 자신에게 빚을 지고 있는 사람들까지 그렇게 자신을 막 대해도 그는 아무렇지 않았으며, 오히려 반대로 그들을 아주 기쁘게 또 아주 고

---

1 cruzado. 브라질 옛 화폐 단위.

귀한 체념으로 감싸주는 것처럼 보였다. 어느 날이었다. 갚을 능력이 전혀 없는 채무자들이 거친 조롱을 해도 코스타는 웃고 있기만 했다. 그 모습을 본 한 사람이 분을 참지 못하고 "당신은 그놈이 언젠가 빚을 갚을 거라는 생각에 그런 짓들을 견디고 있는 거로군요"라고 빈정대었다. 그러자 코스타는 잠시도 머뭇거리지 않고 그 채무자에게 가서 부채를 탕감해 주었다. 그걸 본 다른 사람은 이렇게 말했다. "놀랄 것도 없지. 코스타는 그저 하늘에 있는 별을 포기한 것일 뿐이니까." 코스타는 정말 눈치 빠른 사람이었다. 채무자들이 자신에게 빌린 돈을 갚지 않는 것을 거부 의사라고 이해한 그는, 그러한 빌리고 갚는 행위 그 자체의 가치를 부정해 버리곤 했다. 그는 또한 체면치레를 잘하면서도 창의적인 사람이었다. 두 시간도 채 지나지 않아 그는 사람들이 퍼붓는 조롱과 빈정거림이 자신에게 어울리지 않는다는 것을 증명이라도 하듯 돈 몇 푼을 집어 채무자에게 다시 빌려주곤 했다.

"이제 이것으로 잘 되기를……." 그는 채 말을 다 끝내지 못하고 생각에 잠겼다.

코스타의 이 마지막 선행은, 그의 처신을 믿는 사람과 또 믿지 않는 사람 모두를 설득하는 데 충분했다. 그 누구도 이 고귀한 사람의 신사적인 태도에 대해 더 이상 의심하지 않았다. 이후에도 약삭빠르고 궁핍을 가장한 사람들이 낡은 슬리퍼를 끌며 잔뜩 기운 옷을 걸치고 거리로 나와 그의 집 문을 두드리기도 했다. 그런데 어느 날 벌레만도 못한 한 채무자가 등장했다. 그는 혐오감을 내비치기 위해, 고의로 돈을 빌리고 갚지 않으며 코스타의 영혼을 아프게 했다. 그러곤 3개월 후 다시 코스타를 찾아와 이틀 내로 갚겠다고 약속을 하며 120크루자두를 빌려달라고 요구했다. 그러나 이것 또한 당당한 사기였다. 그럼에도 코스타는 이자도 없이 즉시 돈을 빌려주었으며 불행하게도 돈을 돌려받을 시간도 없이 5개월 후 카자 베르지 병원에 수용되었던 것이다.

그러한 사실이 세간에 알려졌을 때, 이타구아이시 주민들이 얼마나 놀랐을지 눈앞에 생생하다. 다른 사실에 대해서는 말들이 없었고, 어떤 사람들은 그가 점심때에, 또 다른 사람들은 그가 새벽 시간에 미쳐버렸다는 말만 전할 뿐이었다. 그리고 전하는 사람들에 따라, 어떤 사람들은 그의 발작이 매우 포악하고 음험하며 끔찍했다고도, 또 어떤 사람들은 아주 유순하고 심지어 귀엽기까지 했다고도 수군거렸다.

많은 사람들이 카자 베르지 병원으로 달려가 불쌍한 코스타를 만났다. 그는 아주 명확하게 자신이 이곳으로 끌려온 이유를 물어보면서 꽤나 침착해했고, 한편 약간 놀라워할 뿐이었다. 몇몇 사람들이 시망 바카마르치 박사를 만나러 갔는데, 박사는 그에 대한 사람들의 존경심과 동정을 이해한다고 말하면서도 과학은 과학이니만큼 정신병자를 길거리에 버려둘 수 없다는 말을 덧붙였다. 코스타를 옹호해 준 마지막 사람은(왜냐하면 그 누구

도 무서운 박사를 더 이상 감히 찾아가지 못했기 때문이다)
다름 아닌 코스타의 사촌 여인이었다. 박사는 그녀에게,
코스타가 재산을 어떻게 탕진했는지만 봐도 그가 정신
적으로 불안정하다는 사실을 알 수 있다고 조심스레 말
했지만 그녀는 오히려 강하게 부정했다.

"그건 아니에요, 아니란 말이에요! 그가 유산으로 받
은 것을 그렇게 쉽게 낭비했다 하더라도, 그건 그의 잘
못이 아니에요."

"아니라고요?"

"아닙니다, 박사님. 어떤 일이 있었는지를 말해주겠어
요. 고인이 된 나의 삼촌은 나쁜 사람은 아니에요. 단지
그는 화가 났을 때엔 교황님에게 모자를 벗어 인사도
하지 않을, 그런 사람이었을 뿐이에요. 그런데 어느 날
돌아가시기 얼마 전 한 노예가 그의 소를 훔친 것을 알
게 되었는데, 어찌 되었을지 상상해 보세요.

그때 삼촌의 얼굴은 피망처럼 붉어졌고, 온몸을 떨면
서 입에는 거품을 물 지경이었는데, 그 일이 마치 오늘
일어난 것처럼 생생하게 기억이 나요. 그때 셔츠를 입은
못생기고 머리가 긴 한 노예가 다가와 물을 달라고 했
어요. 나의 삼촌은—오, 하느님, 그의 영혼을 당신 곁에
서 편히 쉬게 하소서!—강이나 지옥에 가서 마시라고
대꾸했어요. 그 남자가 삼촌을 바라보더니, 위협적으로
손을 펼치며 저주를 퍼부었죠. '당신의 모든 돈은 7년하
고도 하루 이상을 못 버틸 것이고, 언젠가는 그 사실이

다윗의 별¹만큼이나 확실할 것이오.' 그러곤 팔에 새겨진 다윗의 별 문양을 보여주었는데, 그것이 바로 그 나쁜 인간의 저주였던 거예요."

바카마르치 박사는 마치 비수와도 같은 예리한 두 눈으로 그 여인을 꿰뚫어 보았다. 그녀가 말을 끝내자 박사는 마치 총독의 부인에게 하듯 정중하게 손을 내밀어, 그녀가 사촌과 이야기를 나눌 수 있도록 했다. 그 불쌍한 여자는 박사의 말을 믿어 카자 베르지 병원으로 갔는데, 박사는 그녀도 정신병자 병동에 가둬버렸다.

명망 높은 바카마르치 박사의 위선적인 소식은 사람들의 마음에 공포를 불러일으켰다. 그 누구도 박사가 아무런 이유나 악감정도 없이, 불쌍한 사촌을 위해 중재에 나선 것 외에 어떤 죄도 저지르지 않은, 완벽하게 사려 깊은 여자를 카자 베르지 병원에 가뒀다는 걸 믿지 못했다. 그 사건은 길모퉁이에서, 이발소에서, 사람들에 의해 전해졌고 급기야는 박사가 예전에 코스타의 사촌에게 향한 사랑의 구애와 이에 대한 코스타의 분노 그리고 사촌의 멸시 때문에 이루어진 박사의 복수였다는 소설이 만들어졌다. 하지만 박사의 엄격한 처신과 그가 지금껏 지켜온 연구자의 삶은, 세간에서 떠도는 그런 가능성을 일축하는 듯 보였다. 그건 만들어진 이야기에 불과했으며, 분명 교활한 자들의 농간이었을 뿐이었다. 그런

---

1 유대인 그리고 유대교를 상징하는 표식. 일각에 따르면 다윗의 별은 숫자 7을 중시한다.

데 이런 소문을 가장 잘 믿을 만한 사람, 즉 약제사 소
아리스가 중얼대기를, 자신은 다른 사실을 알고 있으며
완전히 확신하진 못하기에 떠벌릴 수는 없지만 알고 있
는 것만은 분명하다고, 맹세할 수 있다고 했다.

"당신은 박사와 가장 친한 사람이잖소. 무슨 일이 있
었는지, 또 그 이유는 무엇인지 우리에게 말해줄 수는
없겠소?"

약제사는 녹아내릴 듯 혼란스러웠다. 놀란 친구들과
불안하고 호기심 많은 사람들의 그 질문은 그에게 공적
인 헌신을 요구하는 것이나 마찬가지였다. 의심의 여지
없이 모든 주민들은 박사의 충성스런 친구는 위대한 사
람과 위대한 일들의 조력자인 약제사 크리스펭이라는
것을 알고 있었다. 그래서 약국으로 몰려온 것이었다.
약제사의 장난스러운 얼굴과 은근한 웃음이 그 사실을
말해주고 있었다. 그러나 정작 그는 아무것도 대답할 수
없기 때문에 웃음과 침묵만을 보여야 했다. 많아야 그저
두세 음절이었다. 그것도 과학적 비밀로 가득 찬 소심한
미소로 위장한 채 떠듬거리며 내뱉은 메마른 몇 마디의
말, 즉 자신이 어떤 한 인간을 위험하게 폭로할 수 없다
는 말뿐이었다.

"뭔가가 있어!" 의심하고 있던 사람들은 그렇게 생각
하기에 이르렀다.

그러나 그중 한 사람은 개인적인 일 때문에 그에 대
한 생각을 접고 무관심하게 자리를 떠났다. 얼마 전 그
는 아주 호사스러운 집을 지었다. 그저 집만으로도 다른

사람의 관심을 받기에 충분했는데, 그에 더해 열린 창문을 통해 밖에서도 볼 수 있는 가구들은 그가 헝가리와 네덜란드에서 주문해 온 것으로 꽤나 호화로웠으며, 정원은 취향과 예술의 걸작으로 치부될 정도였다. 말안장 제조로 부자가 된 그 남자는 늘 호화스러운 집과 화려한 정원 그리고 진귀한 가구가 있는 집을 꿈꿔왔다. 말안장 사업은 그만두지 않았지만, 그는 카자 베르지 병원보다 웅장하고 의회 건물보다도 고상한, 이타구아이시에서 최고인 자신의 새 집 생각에만 몰두해 있었다. 마을의 저명한 사람 사이에서는, 한때 소박한 말안장 제조인이라 불리던 그의 집을 언급하거나 칭찬할 때 "아이구야!" 하며 혀를 차거나 이를 가는 사람들도 있었다.

"저기 있네, 그 사람." 아침에 그 집을 지나치는 행인들이 말했다.

사실 아침마다 정원 한가운데 대大 자로 누워, 점심 식사를 위해 부르러 올 때까지 몇 시간이고 사랑스럽게 집을 바라보는 것이 마테우스의 습관이었다. 이웃 사람들은 그의 앞에서는 존경의 인사를 건넸지만 뒤에서는 그를 비웃곤 했다. 심지어 그중 한 사람은 마테우스가 멍하니 누워만 있지 말고 말안장이라도 만들면 훨씬 경제적일 테고 더욱 부자가 되었을 것이라고 말했다. 그 말은 사실 이해하기 어려운 경구였는데 그럼에도 사람들을 깔깔거리게 만들었다.

"생각에 빠진 마테우스가 역시나 또 저기 있네!" 오후에 사람들이 그를 보며 말했다.

오후가 되어 가족들이 일찍 저녁을 먹고 산책 나갈 때면 마테우스는 흰옷을 입고 짐짓 근엄한 태도로 창가 바로 중앙 어두운 자리에 자리를 잡고 서서는, 밤이 깊을 때까지 두세 시간을 그렇게 있었다. 자신의 친한 친구들인 약제사나 로페스 신부 그리고 다른 어떤 사람에게도 의도를 밝히지 않았지만, 사실 그런 자세를 취함으로써 충분히 존중받고 또 부러움을 사려고 했던 행동이었다. 그럼에도 바카마르치 박사가 약제사에게, 마테우스를 오랫동안 관찰하고 지켜본 바에 따르면 어쩌면 그가 석재에 대한 사랑의 광기로 괴로워하고 있는지도 모른다고 말했을 때 약제사는 동의하지 않았다.

"아닙니다, 박사님." 크리스펑 소아리스는 진심으로 반박했다.

"아니라고요?"

"죄송한 말씀이지만 박사님, 어쩌면 박사님은 그 사실을 모르시는 듯하군요. 아침에 그가 그 집을 보는 것은 예술작품 같은 집을 바라보며 감탄하는 것이 아니라 그저 살펴보는 것일 뿐입니다. 매일 오후 그 사람과 그 집을 존경하듯 바라보는 것은 다른 사람들입니다." 그리고 그는 매일 저녁, 땅거미가 질 때부터 밤까지 그곳에 서 있는 안장 제작자의 습관에 대해 이야기했다.

박사의 눈은 과학적 호기심으로 빛나기 시작했다. 어쩌면 박사가 마테우스의 습관을 잘 모르고 있었을 수도 있다. 아니면 약제사에게서 무엇인가 불확실한 소식이나 막연한 의심을 확인하는 것 이상은 바라지 않았을 수도 있다. 약제사의 설명은 박사를 어느 정도 만족시켰다. 그러나 약제사는 박사의 말에 숨은 불길한 의도를 알아차리지는 못했다. 오직 박사가 만족하는 것에만 신경 쓰고 있었기 때문이다. 오히려 오후가 되자 박사는 약제사에게 산책을 가자고 청했다. 오, 하느님! 시망 바카마르치 박사가 친구로 여기는 약제사에게 그러한 영광을 베푼 것은 이번이 처음이었다. 약제사는 당황해 마지않으며, 몸을 떨면서도 그러겠노라고, 준비가 되었다고 대답했다. 그때 하필 약국에 두세 사람이 도착했고, 약제사는 그들에게 저주를 퍼부었다. 그들이 산책을 지연시켰을 뿐 아니라 박사가 그들 중 한 명을 약제사 대신 동행으로 선택하고 자신은 빼놓고 갈 수도 있었다. 얼마나 조급하고, 또 얼마나 고통스러웠는지! 마침내 그들은 길을 나섰다. 박사는 마테우스의 집 쪽으로 가서 창가에서 그를 보고는, 앞으로 대여섯 걸음을 천천히 걸어가 멈추어 서서 그의 태도와 얼굴 표정을 살펴보았다. 불쌍한 마테우스는 자신이 이타구아이시에서 가장 이목을 끄는 인물이며 또 존경의 대상이라는 것을 알아차렸는지, 표정과 태도를 더욱 눈에 띄게 거들먹거렸다……. 아, 가엾은 마테우스! 그는 자신이 어떤 벌을 받게 될지 꿈에도 모르고 있었다. 그다음 날 마테우스는 카자 베르지 병원에 수용되었다.

"카자 베르지 병원은 개인 감옥이오." 병원의 한 의사가 말했다.

이 말은 너무나 빠르고 널리 사람들에게 퍼졌다. 그

리고 마테우스의 체포와 수용에 뒤이어, 두세 명의 잘 알려진 인물을 포함하여 일주일 동안 스무 명이 넘는 사람들이 카자 베르지 병원에 수용되었기 때문에, 이타구아이시의 온 사방에 퍼진 '개인 감옥'이라는 그 말은 진실로 두려움 그 자체였다. 박사는 병리학적으로 문제가 있는 경우에만 수용한다고 주장했지만, 그 말을 믿는 사람은 거의 없었다. 사람들 사이에서 이런저런 소문이 연이어 떠돌기 시작했다. 즉 복수와 돈에 대한 탐욕, 신의 벌, 박사 자신의 편집증, 이타구아이시에 싹트고 꽃피우기 시작하는 모든 번영의 근원을 파괴하려는 목적을 지닌 수도 리우데자네이루의 비밀 계획, 그리고 그 외에도 또 다른 괴이한 소문 등이 바로 그것들로, 아무 근거도 없지만 매일같이 사람들의 상상력이 만들어내는 일상적인 산물이었다.

그런데 그 시점에, 몇 주 전 이타구아이시를 떠났던 박사의 부인과 크리스펭 소아리스의 아내 그리고 나머지 수행원 모두가 리우데자네이루 여행에서 돌아왔다. 박사는 약제사와 로페스 신부, 시의원들 그리고 판사들과 함께 그녀와 일행을 맞이했다. 에바리스타 부인이 남편과 사람들을 바라본 그 순간은, 남성들의 도덕적 역사에서 가장 숭고한 순간의 하나로 기록되었으며, 또한 과도하면서도 한편 고상한 성격이라는 두 가지 천성의 대비를 보여주는 사건이었다. 에바리스타 부인은 비명을 지르고 무어라 중얼거리며 남편에게 몸을 던졌는데, 마치 살쾡이와 산비둘기의 행동이 뒤섞인 것처럼 맹렬하면서 한편 유순한 모습이 연상되는 행동이었다. 하지만 바카마르치 박사는 전혀 흔들림 없이 엄격함을 유지한 채 냉정한 태도로, 기절하듯 몸을 던진 부인을 팔을 벌려 안았다. 그 짧은 2분여의 시간이 지난 뒤 에바리스타 부인은 사람들의 인사를 받으며, 일행과 함께 행진을 시작했다.

에바리스타 부인은 이타구아이시의 희망이었다. 사람들은 그녀로 인해 카자 베르지 병원의 재앙이 수그러들기를 기대했다. 그래서 집집마다 창가에 화려한 꽃들을 내걸고, 거리를 가득 메운 사람들은 환호를 질렀다. 명망 높은 바카마르치 박사가 로페스 신부에게 부인을 맡겼기 때문에, 에바리스타 부인은 신부의 팔에 자신의 팔을 기댄 채 명상하듯 조용한 발걸음으로 남편과 사람들과 동행하며, 약간의 호기심을 갖고 불안해하며 짜증을 내듯 이쪽저쪽을 둘러보았다. 로페스 신부는 지난번 부왕副王 시절 이후로 가보지 못한 리우데자네이루에 대해 물어보았고, 에바리스타 부인은 세상에서 가장 아름다운 곳이라고 감격해하며 대답했다. 어느덧 행렬은 그녀가 여러 번 가보았던 낙원, 즉 벨라스 노이치스가에 있는 마헤카스 분수에 다다랐다. 아! 그 분수는 얼마나 아름다운지! 금속으로 만들어져 입에서 물을 내뿜고 있는 분수는 진정 아름다운 자태를 뽐내고 있었다. 로페스 신부는 리우데자네이루가 예전에도 아름다웠으나 이제 훨씬 더 아름다운 곳이 되었을 거라고 동의했다. 이타구아이시보다 더 큰 데다 정부의 땅이니 놀랄 것도 없다고 말하며, 그렇지만 아름다운 집들과 마테우스의 집, 그리고 카자 베르지 병원이 있는 이곳 이타구아이시도 볼품없다고 말할 수는 없다고 덧붙였다.

"카자 베르지 병원에 사람들이 잔뜩 있는 것을 보게 될 겁니다." 신부는 자연스럽게 대화의 주제를 바꾸며 말했다.

"그래요?"

"네, 그렇습니다. 마테우스도 그곳에……."

"그 말안장 만드는 사람이요?"

"맞아요. 그리고 코스타와 그 사촌도 있고, 풀라누와 시크라누 그리고 또……."

"그 사람들이 모두 미친 건가요?"

"거의 미친 사람들이라고 봐야지요." 신부가 친절하게 대답했다.

"그런데요?"

로페스 신부는 아무것도 모르거나 모든 것을 말하기는 원하지 않는 것처럼 입꼬리를 비틀었다. 자신은 자세히 모르며, 알더라도 딴 사람에게 얘기할 수 없다는 듯이 모호한 표정이었다. 에바리스타 부인은 한두 사람도 아니고 어떻게 그 모든 사람이 미쳐버렸다는 것인지 믿을 수 없었지만, 현명한 남편이 명백한 광기의 증거도 없이 그 누구도 카자 베르지 병원에 수용하지는 않았으리라고 생각했다.

"의심의 여지도 없지요……. 일말의 의심도……." 신

부가 모호하게 대답했다.

세 시간이 지난 후 약 쉰 명의 손님이 시망 바카마르치 박사 주변에 둘러앉았다. 부인과 일행을 맞이하는 환영 만찬이었다. 에바리스타 부인은 은유와 부연 그리고 교훈적인 내용이 담긴 과장된 환영 인사와 축배의 주인공이었다. 만찬 참석자들은 그녀가 과학의 여신이자 천사요, 오로라와 같은 신성이며, 생명과 위안의 신적 존재로서 새로이 나타난 히포크라테스, 즉 박사의 아내라고 칭송했다. 그리고 약제사 크리스핑 소아리스의 겸손한 표현에 따르면 그녀의 두 눈은 한 쌍의 별이었고, 한 시의원은 마치 두 개의 태양과 같다고 말할 정도였다. 바카마르치 박사는 다소 지루한 모습으로 이러한 이야기를 듣고 있었지만, 짜증을 눈에 띄게 드러내지는 않았다. 아내에게 주어지는 그 모든 언사는 아무 의미도 없이 마구 내던지는 과장의 미사여구라고 여겼을 뿐이었다. 에바리스타 부인은 남편의 그러한 생각을 읽고 있었지만, 그러한 아첨과 찬사의 절반 이상을 무시하더라도 자신의 영혼이 우쭐해지는 데 무척이나 만족했다. 연사 중 한 명이자 연애와 모험으로 단련되고 더없이 멋쟁이인 스물다섯 살의 청년 마르팅 브리투는, 에바리스타 부인의 탄생이야말로 가장 의미심장한 기적이라며 찬사의 열변을 토했다. 즉 그는 "하느님이 신성한 면류관의 다이아몬드와 진주인 남자와 여자를 세상에 내주신 후에(연사는 만찬 테이블의 한쪽 끝에서 다른 쪽 끝까지 훑으며 이 문장을 의기양양하게 늘어놓았다), 하느님은 스스로

를 뛰어넘는 에바리스타 부인을 창조하셨다"라고 극찬
했다.

에바리스타 부인은 대단히 겸손한 자세로 눈을 내리
깔았다. 그런데 젊은이의 그러한 연설이 너무 지나치다
고 생각한 두 명의 여인이 박사의 눈치를 살펴보았는데,
박사는 의심과 위협 그리고 어쩌면 피비린내가 날 것
같은 분위기를 내뿜었다. 두 여인은 젊은이가 너무 뻔뻔
했다고 생각하며, 하느님께 제발 오늘 같은 날에 어떠한
비극적인 일이 일어나지 않기를, 아니 적어도 오늘이 아
니라 내일로 비극적인 사태가 미루어지기를, 하고 기도
했다. 그래, 내일로……. 두 여인 중 보다 더 자비심 많
은 여인조차도 에바리스타 부인이 박사가 의심할 정도
로 매력적이거나 아름다운 존재와는 거리가 멀다는 사
실을 인정했다. 미지근한 물처럼 평범한 여자. 하지만
사람들의 색깔 취향이 모두 같다면, 노란색은 누가 좋아
하겠는가? 이러한 생각에 그 여인은 다시금 적지 않은
전율을 느꼈는데, 아니나 다를까, 박사가 마르팅 브리투
를 향해 미소를 지으며 몸을 일으켜, 그에게 다가가 그
가 한 연설에 관해 이야기하기 시작했다. 그는 그것이
파격적인 언사로 가득 찬, 훌륭한 즉흥 연설이라는 것을
부정하지 않았다. 박사가 물었다. 에바리스타 부인의 탄
생과 관련한 이야기는 그 자신의 생각이었는지 아니면
어떤 작가가 한 말이었는지……? 그는 그것이 다름 아
닌 바로 자신의 생각이며, 훌륭한 연설에 적당하다고 보
였기 때문에 기회를 틈타 덧붙인 거라고 말했다. 그의

생각은 친절하거나 장난기 있어 보이기보다는 아주 대담한 것이었기에, 마치 서사시로 보기에도 충분했다. 그는 또 언젠가 포르투갈의 철혈 재상인 폼발 후작의 몰락에 대한 송시頌詩를 지었다. 여기서 그는, 폼발 재상이 모든 사람의 복수의 발톱에 의해 찢겨진 거친 용과 같은 존재라고 말하며, 그런 표현이 다소 평범하지 않지만 자신은 위대하고 고상한 이미지와 숭고하고 진귀한 생각을 좋아한다고 덧붙였다.

'불쌍한 청년이구만! 심각하진 않지만, 연구할 만한 가치가 있는 뇌 손상의 사례로 봐야겠군…….' 박사가 속으로 중얼거렸다.

그로부터 사흘 후, 에바리스타 부인은 마르팅 브리투가 카자 베르지 병원에 수용되었다는 소식을 듣고 무척 놀랐다. 그렇게 멋지고 아름다운 생각을 가진 청년이 어떻게……! 그날 그 두 여인은, 청년의 입원이 박사의 질투심 때문이었다고 생각했다. 그것 말고 다른 이유는 없었으며, 실제로 청년의 연설은 너무도 대담하고 지나쳤다. 과연 질투심 때문이었을까? 하지만 얼마 지나지 않아 존경받는 인물인 조제 보르지스 두 코투와 노련한 바람둥이 시쿠 다스 캄브라이아스 그리고 서기인 파브리쿠와 또 다른 인물들도 병원에 수용되었다는 사실은 어떻게 설명할 수 있을 것인가? 공포는 날로 더해갔다. 이제는 누가 멀쩡하고 누가 정신병자인지 알 수 없었다. 여자들은 남편들이 외출할 때면 성모님을 위해 등잔불을 켜놓았다. 모든 남편이 용감하지는 않았기에 어떤 이들은 한두 명의 경호원 없이는 밖에 돌아다니지 않았다. 말 그대로 공포 그 자체였다. 어떤 사람들은 할 수 있다면 마을에서 도망을 갔는데, 도망자 중 한 사람은 마을에서 이백 걸음도 채 떨어지지 않은 곳에서 붙잡히기도 했다. 그는 상냥하고 말도 잘하며 예의 바른 서른 살 청년 질 베르나르지스로, 누구에게나 모자를 벗어 땅바닥까지 머리를 내려 인사할 정도로 아주 공손했다. 그는 길에서 20~40미터 떨어진 곳에서도 어른 남자와 부인, 그리고 심지어 아이를 보면 악수하고, 인사하기 위해 뛰어갈 정도로 예의에 대한 소명을 지닌 청년이었다. 게다가 그가 사회에서 좋은 관계를 지닐 수 있었던 것은 보기 드문 개인적 성품뿐 아니라 수없는 거절과 냉대 앞에서도 결코 낙담하지 않는 고상한 집념 때문이었다. 일단 집에 들어가면 집 밖으로 나가지 않았고 또 가족들도 그가 나가는 것을 허락하지 않을 정도로 그렇게 사랑받는 청년이었다. 질 베르나르지스는 자신이 사람들에게 칭찬받는다는 사실을 알고 있었음에도 바카마르치 박사가 자신을 주시한다는 말을 들었을 때 잔뜩 겁에 질려 바로 다음 날 마을에서 도망쳤지만, 곧 붙잡혀 카자 베르지 병원에 갇히게 되었다.

"이런 짓을 끝내야 합니다!"

"더 이상 계속될 수 없는 일입니다!"

"폭정을 타도하자!"

"골리앗과 같은 폭군이다!"

아직은 집에서의 한숨 섞인 한탄일 뿐 거리에서의 외

침은 아니었지만, 점점 커지는 비명 소리가 울려 퍼지기 까지 그리 오랜 시간이 걸리지 않았다. 공포는 더욱 커졌으며 폭동의 때가 가까워지고 있었다. 시망 바카마르치 박사를 붙잡아 추방하도록 정부에 청원하자는 생각은 이발사 포르피리우가 몹시도 분개한 몸짓으로 가게에서 자신의 주장을 펼치기 전부터도 이미 몇몇 사람들의 머릿속에서 끓어오르고 있었다. 이것은 암울한 역사의 가장 순수한 한 페이지로 기록되었다. 또한 카자 베르지 병원의 환자가 넘쳐나게 된 이후, 이발사 포르피리우 자신의 고혈을 짜내는 노력으로 이발소의 이익이 늘어난 것을 알게 되었다는 점이 특기할 만하다. 그럼에도 그는 공적인 이익이 사익보다 앞서야 한다며 "폭군을 몰아내야 한다!"라고 외쳤다. 마을 토지 소유권 관련 분쟁 소송 서류를 가져온 코엘류라는 남자가 카자 베르지 병원에 수용된 바로 그날에 그의 주장이 이루어졌다는 점 또한 주목할 만했다.

"코엘류가 대체 어디가 미친 건지 설명하지 않을 작정입니까?" 포르피리우가 소리쳤다.

그런데 아무도 그 말에 대답하지 않았으며, 모두가 그 남자는 완벽하게 제정신이라고 거듭 말했다. 그가 이발사와 함께 갖고 온 소송 서류는 마을의 토지에 관한 것이었는데, 그것은 탐욕이나 증오가 아니라 허가증의 모호함 때문에 야기된 결과였다. 코엘류라는 사람이 유일하게 싫어하는 사람은 과묵하다거나 바쁘다는 핑계로 멀리서 자신을 보자마자 모퉁이를 돌아서 가게로 들어가는 그런 류의 사람들이었다. 사실 그는 술 한 모금에도 길고 재미있는 대화를 곁들이길 좋아하는 사람이었기에 결코 혼자 있는 법이 없었다. 그는 다른 사람을 비방하지 않고 말을 유창하게 잘하는 사람을 좋아했다. 그런데 단테를 깊이 공부하고 코엘류의 적이었던 로페스 신부는 그를 "사나운 식사에서 입이 벌어졌다. 죄인은…… *La bocca sollevò dal fero pasto Quel 'seccatore'*……"[1] 이라는 문장도 낭독하거나 이해하지 못하는 사람으로 여기고 있었다.

그러나 어떤 사람들은 코엘류를 향한 신부의 미움을 알고 있었고, 또 어떤 사람들은 이 문장이 라틴어 기도문일 뿐이라고 여겼다.

제6장
폭동

약 서른 명의 사람들이 이발사를 지지했고, 그들은 항의 서한을 작성하여 시의회에 제출했다. 그러나 시의회는 카자 베르지 병원은 공공기관이며, 과학은 행정적인 표결에 의해서, 그리고 적어도 거리에서의 시위에 의해선 바뀔 수 없다고 선언하며 받아들이길 거부했다.

"일터로 돌아가시오. 그것이 우리가 당신들에게 권하

---

1 단테의 『신곡』 지옥 33편에 나오는 구절로, 로페스 신부가 자식의 박학다식함을 과시하고 또 코엘류를 깎아내리기 위해 일부러 유식한 문장을 쓴 것으로 보인다.

는 충고입니다." 시의회 의장이 말했다.

시위자들의 분노는 극에 달했다. 이발사는 시위자들이 반란의 깃발을 들어 올릴 것이며, 카자 베르지 병원을 파괴할 것이라고 주장했다. 또한 이타구아이시는 더 이상 폭군 의사의 연구와 경험을 위한 시체 역할을 계속할 수 없으며, 존경받고 저명한 많은 사람들과 존중할 가치가 있는 보잘것없는 사람들이 병원 입원실에 누워 있어 정작 정신이상자들이나 그리 의심되는 사람들이 무료로 치료받지 못하고 있으며, 그 가족들과, 가족이 없는 경우엔 시의회가 박사에게 병원비를 지불하고 있는 상황에 비추어, 분명히 의사의 과학적 폭정이 부정이득의 탐욕과 맞물려 있는 것을 더 이상 두고 볼 수 없다고 선언하려는데……

"그건 거짓말이오." 시의회 의장이 끼어들었다.

"거짓이라고요?"

"약 2주 전 우리는 박사로부터 공문을 받았는데, 그에 따르면 박사는 최고의 심리학적 가치를 지닌 실험을 수행하면서 시의회가 결정한 봉급을 포기하고 또한 환자 가족들로부터도 어떠한 비용도 받지 않는다고 되어 있었소."

박사의 그러한 숭고하고 순수한 의료 행위에 대한 소식은 시위자들의 마음을 잠시 흔들어 놓았다. 확실히 박사가 잘못을 저질렀을 수도 있다. 하지만 박사는 과학과 거리가 먼 어떠한 이해관계에 대해서는 마음을 두지 않았다. 그래서 박사의 실수를 증명하기 위해서는 지금의 선동이나 절규보다 더한 무엇인가가 필요했다. 시의회 의장은 바로 이 점을 강조했으며, 모든 시의원이 박수갈채로 화답했다. 그렇지만 이발사는 잠시 정신을 집중하고 나서, 자신은 공적 임무를 위임받았으며 지역의 한 시인이 명명한 "인간 이성을 마비시키는 바스티유 감옥"과도 같은 카자 베르지 병원이 무너지는 것을 보기 전까지는 이타구아이시의 평화를 담보할 수 없을 것이라고 맞받았다. 이발사가 그렇게 말하고는 신호하자, 그 신호에 따라 모든 사람이 나가버렸다.

시의원들에게는 한시라도 빨리 집회와 폭동, 싸움 그리고 유혈 상황을 멈춰야 하는 책무가 남겨졌다. 설상가상으로 시의회 의장을 지지했던 시의원 중 한 명은, 이발사가 강조한 카자 베르지 병원의 별칭, "인간 이성을 마비시키는 바스티유 감옥"이 너무 멋있다고 생각하여 마음을 바꿨다. 그는 카자 베르지 병원을 축소하는 조치를 제정하는 것이 선의의 경고로써 필요하다고 말했다. 이에 화가 난 의장이 강한 어조로 경악을 금치 못하자 그 시의원은 반성하듯 이렇게 대꾸했다.

"나는 과학과 아무 관련이 없소. 하지만 우리가 정상적이라고 추정하는 수많은 사람들이 미쳤다는 이유로 격리되고 감금된다면, 그 박사가 미친 사람이 아니라고 누가 말할 수 있겠습니까?"

그렇게 이의를 제기한 시의원 세바스치앙 프레이타스는 말재간이 있었고, 그래서 한참을 신중하지만 단호하게 말했다. 동료 의원들은 경악을 금치 못했고, 의장은 그에게 적어도 법에 대한 질서와 존중의 모범을 보여줄 것과, 회오리바람처럼 더 크게 비화될지도 모르는 폭동에 힘이 실리지 않도록 거리에서 자기의 생각을 말하지 말아 달라고 당부했다. 그러자 의장의 권고를 받아들여 다소 누그러진 세바스치앙 프레이타스 의원은, 법적인 수단에 의해 카자 베르지 병원을 축소하는 요구권을 유보하면서, 어떠한 행동도 중지하겠노라고 약속했다. 그러고는 여전히 "인간 이성을 마비시키는 바스티유 감옥"이라는 문장을 혼잣말로 반복했다.

그런데 폭동은 더욱 커져만 갔다. 이제는 서른 명이 아니라 3백여 명의 시위자들이 이발사를 따랐으며, 그의 어린 시절의 별명인 칸지카를 따서 이들의 시위는 칸지카스 폭동이라는 이름으로 유명해졌다. 많은 사람이 두려움 때문에 혹은 그나마 예의를 지키려는 이유로 거리로 몰려나가지는 않았지만, 그들의 생각과 감정은 만장일치, 아니 거의 만장일치였다. 카자 베르지 병원으로 몰려간 3백여 명의 시위자들은 마치 바스티유 감옥을 점령한 시위대와 감히 비교될 수 있었다.

에바리스타 부인은 시위대가 도착하기 전, 한 하녀가 전해준 폭동 소식을 전해 들었다. 그때 부인은 리우데자네이루에서 갖고 온 서른일곱 벌의 옷 중 실크 옷을 입어보고 있었는데, 그 소식을 믿을 수가 없었다.

"무슨 소동이 벌어진 모양이구나. 베네디타, 우선 치마 밑단이 괜찮은지 보려무나." 부인은 핀의 위치를 바꾸면서 말하였다.

"네, 괜찮습니다, 마님, 좋아요. 조금만 돌아보시겠어요? 네, 아주 좋아요!" 어린 하녀가 바닥에 무릎을 꿇은 채 대답했다.

"소동이 아니에요, 마님. 그들은 '바카마르치 박사는 죽어라! 그는 폭군이다!'라고 외치고 있어요." 겁에 질린 흑인 소년 하인이 말했다.

"닥쳐, 이 멍청한 녀석! 베네디타, 왼쪽을 좀 보렴. 바느질이 좀 비뚤어진 것 같지 않니? 파란색 선이 아래까지 이어지지 않았잖니. 너무 보기 싫구나. 실밥을 뜯어 똑같이 맞춰야겠는데……."

"바카마르치 박사는 죽어라! 폭군은 죽어라!" 밖에서 3백여 명의 목소리가 계속 외치고 있었다. 폭도들은 노바가에 다다르고 있었다.

에바리스타 부인은 너무 놀라 어찌할 줄을 몰랐다. 그녀는 한 발짝도 내딛지 못하고 아무런 자세도 취할 수 없었다. 공포가 그녀를 마치 돌처럼 굳게 만들었다. 어린 하녀가 본능적으로 뒷문으로 달려갔으며, 부인에게 구박받던 흑인 소년 하인은 승리의 순간, 즉 현실이 자신을 위해 새로운 약속을 해주고 있는 그 순간에 뿌리 깊고 알 수 없는 도덕적 만족감이 꿈틀대는 것을 느꼈다.

"박사는 죽어라!" 시위대의 소리는 더욱 가까워졌다.

에바리스타 부인은 기쁜 감정에 쉽사리 동요하는 사람이었다. 하지만 지금처럼 갑자기 닥친 위급한 순간에 대처할 줄 아는 여자이기도 했다. 그녀는 기절하지 않은 채로 남편이 연구하는 안쪽 서재로 달려갔다. 그녀가 황급히 방 안으로 들어섰을 때, 남편은 아베로에스[1]의 책에 심취해 있었는데, 깊은 생각에 빠진 그의 두 눈은 외부의 현실에 대해서는 눈이 멀고 심오한 정신적 활동에 대해서만 깨어 있는 것처럼 오로지 책과 천장만을 오르내리고 있었다. 에바리스타 부인이 남편을 두 번이나 불렀는데도 그는 아무런 관심도 주지 않았다. 세 번째 불렀을 때에서야 그는 그녀에게 무슨 일이 있는지, 어디 아픈 것은 아닌지 물었다.

"당신은 이 소리가 들리지도 않나요?" 그녀가 눈물을 흘리며 물어보았다.

박사는 그제야 부인을 돌아보았다. 그러고는 시위대의 무섭고도 위협적인 고함이 가까워져 오고 있음을 알아차리고, 앉아 있던 의자에서 몸을 일으켜 책을 덮고는 차분하고 굳은 발걸음으로 그 책을 책장에 갖다 놓았다. 그런데 그 책이 책장에 있는 다른 책들과 달리 약간 비뚤어져 있어, 그 작은 결함을 참지 못하고 제대로 맞추는 세심함을 기울이고 나서야 아내에게 방으로 돌아가라며, 아무 일도 없을 것이라고 말했다.

"아니, 아니에요. 나는 당신 곁에서 죽고 싶다고요……." 그녀가 애원하듯 울면서 대답했다.

그러자 시망 바카마르치 박사는 그렇지 않다고, 죽는

---

1 Averroës(1126~1198). 에스파냐 태생의 아라비아 철학자이자 의학자로, 본명은 이븐 루시드이다.

일은 없을 거라고 단언하며 설령 그렇더라도 자신은 목숨을 걸고 자리에 있을 것이라고 힘주어 말했다.

"카자 베르지 병원을 타도하라!" 시위자들이 고함을 질렀다.

박사는 현관 테라스로 걸어갔으며, 그 순간 막 그곳에 도착하여 이글거리는 공명심과 어두운 절망에 가득 찬 3백 명의 시위대 무리와 마주했다. "죽어라, 죽어!" 사방에서 시위자들이 소리를 쳤을 때, 바카마르치 박사만이 테라스에 모습을 드러냈다. 박사는 무엇인가를 말하려는 신호를 보냈지만 시위자들의 분노에 가득 찬 외침 소리가 박사의 목소리를 덮어버렸다. 그래서 주동자인 이발사가 군중에게 침묵을 요구하기 위해 모자를 흔들며 가까스로 그들을 진정시켰고, 박사로 하여금 발언하게 했다. 그러나 지금까지 그래왔던 것처럼 사람들의 인내심을 시험하지는 말라고 덧붙였다.

"나는 필요하다면 거의 발언하지 않거나 아니면 아무것도 말하지 않을 것이오. 먼저 당신들이 원하는 것이 무엇인지 알고 싶소."

"우리는 아무것도 원하는 것이 없소. 다만 카자 베르지 병원을 즉시 철거하거나 아니면 적어도 그곳에 있는 불쌍한 사람들을 돌려보낼 것을 명령할 뿐이오." 이발사가 포효하듯 소리쳤다.

"나는 이해를 못 하겠소."

"아니, 당신은 잘 이해할 것이오. 우리는 당신의 증오와 변덕 그리고 탐욕의 희생자들에게 자유를 주고 싶을 뿐이오."

　박사는 쓸쓸하게 미소를 지었지만 그 미소는 시위자들의 눈에는 보이지 않았다. 그것은 다만 근육이 두세 번 가볍게 수축하는 것일 뿐, 그 이상도 이하도 아니었다. 그는 미소를 지으며 이렇게 대답했다.

　"여러분, 과학은 진지한 것이며 신중하게 다뤄야 할 가치가 있습니다. 나는, 현자들과 하느님을 제외하고 그 누구에게도 정신과 의사로서의 나의 행동을 정당화하지 않습니다. 카자 베르지 병원의 행정을 고치길 원한다면, 당신들의 말을 들을 준비가 되어 있습니다. 그러나 나 내게 자신을 부정하라고 한다면, 당신들은 아무것도 얻지 못할 것입니다. 다른 사람들의 위임을 받아 나와 당신들 중 몇몇과 함께 입원하고 있는 그 정신병자들을 보러 가자고 할 수도 있습니다. 하지만 그러지 않을 것입니다. 그러한 행동은 나의 과학적 시스템의 근거를 증명해 줄 것이지만, 과학의 문외한들이나 폭도들에게는 가당치 않습니다."

　박사가 이같이 말하자 군중은 깜짝 놀랐다. 박사가 여전히 강하고 침착한 태도로 발언하리라고는 전혀 예상치 못했기 때문이다. 하지만 박사가 아주 엄숙하게 군중에게 예의를 갖추고 그들에게 등을 돌려 집 안으로 천천히 들어가려 할 때, 시위자들의 놀라움은 극에 달했다. 그러자 이발사는 곧 정신을 차리고 모자를 흔들며 시위자들에게 카자 베르지 병원을 즉시 허물어뜨리자고 소리쳤지만, 소수의 힘없는 목소리만 응답할 뿐이었다.

그런데 바로 그 결정적인 순간, 이발사는 자신에게 정치적 야망이 꿈틀대는 것을 느꼈다. 카자 베르지 병원을 철거하고 박사의 영향력을 제거해 버리면, 시의회를 장악하고 또 다른 행정적 권력을 갖게 되어 이타구아이시의 주인이 될 수도 있을 것 같았다. 지난 몇 년 동안 그는 시의원 추첨 명단에 자신의 이름을 넣으려고 무던히 애를 썼지만 그 자리에 상응하는 직책을 갖고 있지 못했기에 거듭 거절당했다. 지금이 아니면 다시는 기회가 없을 것 같았다. 더욱이 그는 이 상황에 너무 깊이 가담하고 있었기에, 폭동이 실패로 돌아가면 감옥에 갇히거나 교수형 또는 추방을 당할지도 몰랐다. 불행하게도 좀 전 박사의 반응으로 시위자들의 분노가 누그러질지도 몰랐다. 이발사는 생각이 여기에 미치자마자 더욱 큰 분노의 충동을 느꼈고, 시위자들을 향해 큰 소리로 외치고 싶었다. '파렴치한 인간들! 겁쟁이들!' 하지만 그는 자제하며 다음과 같이 소리쳤다.

"나의 친구들이여, 끝까지 싸웁시다! 이타구아이시의 구원은 바로 당신들의 고귀하고 영웅적인 손에 달려 있습니다. 당신들의 자녀들과 부모 형제, 친척들과 친구들, 그리고 당신 자신들의 감옥을 파괴합시다. 그렇지 않으면 그 비열한 인간의 지하 감옥에서 빵과 물로 연명하다가 채찍질을 당해 죽을지도 모릅니다."

동요한 시위자들은 중얼거리고 소리치고 위협적인 모습으로 이발사의 주변에 모여들었다. 잠시 동안의 실신 상태와 같은 상황에서 벗어난 시위대는 이제 카자 베르지 병원을 위협하는, 더욱 심각한 폭동으로 비화되고 있었다.

"갑시다! 자, 갑시다!" 이발사 포르피리우가 모자를 흔들었고, 시위자들이 반복해서 외쳤다.

그런데 상황이 갑자기 중단되었다. 그 순간, 기병대가 신속하게 행진하며 노바가로 들어서고 있었다.

제7장
예상치 못한 상황

기병대가 칸지카스 시위대 앞에 도착하자 순간적으로 어리둥절한 상황이 벌어졌다. 시위대는 자신들에게 대항해 정부군이 파견되었다는 사실을 믿고 싶지 않았다. 하지만 이발사는 모든 상황을 이해하고 기다렸다. 기병대가 행진을 멈추고, 대위가 군중들에게 해산을 명령했다. 시위대의 일부는 그러한 명령에 흔들렸지만 또 다른 일부는 이발사를 강력하게 지지했는데, 그의 대답은 다음과 같이 시위를 더욱 부추기고 있었다.

"우리는 해산하지 않을 것이오. 당신들이 우리의 죽음을 원한다면, 우리의 시신을 밟아도 좋소. 하지만 우리의 시신만 밟는 것이지, 우리의 명예와 우리의 신념, 우리의 권리 그리고 이타구아이시의 구원을 빼앗지는 못할 것이요."

이발사의 이러한 대답보다 더 무모한 것은, 또 더 자연스러운 것은 없었다. 심각한 위기의 순간이었다. 기병대가 분명 무기 사용을 자제할 거란 과신과, 대위가 공격 명령을 내려 시위대를 체포하고 곧 해산할 거란 확신이 공존했기 때문이다. 딱히 뭐라고 형용할 수 없는 순간이었다. 시위대는 분노에 찬 목소리로 외치고 있었고, 일부는 집 창문에 올라가거나 아니면 거리를 달려가 도망을 치기도 했지만, 대부분은 화가 나 씩씩거리면서 이발사의 주장에 고무되어 분개한 채 자리를 지켰다. 칸지카스 시위대의 패배는 임박한 상태였는데, 그때 기병대의 3분의 1이, 무슨 이유인지는 모르겠지만 갑자기 시위대의 편으로 넘어갔다. 기병대 일부의 이 예상치 못한 동참은 시위대에게는 정신적 힘을 주었으며 동시에 법을 준수하고자 하는 병력 전열에 실망을 던져주었다. 충직한 군인들은 자신들의 동료를 공격할 용기가 없었으며, 한 명 한 명씩 그들 편에 가담하여 몇 분 후 양상은 완전히 뒤바뀌게 되었다. 대위는 몇몇 군인들과 함께 자신을 죽이겠다 위협하는 빽빽한 시위자들에 맞서 한쪽 편을 지키고 있었다. 선택의 여지가 없는 대위는 패배를 선언하고, 이발사에게 칼을 건네주었다.

승리를 쟁취한 혁명은 단 1분도 낭비하지 않았다. 시위대는 부상자들을 인근 집에 모아놓고 시의회로 향했다. 주민들과 군대가 합심하여, 왕과 부왕 그리고 이타구아이시와 "탁월한 지도자 포르피리우"를 환호하며 만세를 외쳤다. 이발사 포르피리우는 약간 긴 면도날 같은 칼을 능숙하게 휘두르며 앞장서 시위대를 이끌었다. 승리가 신비스러운 후광처럼 그의 이마를 에워쌌다. 권력을 쟁취한 행정 당국의 위엄이 그의 엉덩이를 굳게 흔들고 있었다.

창문에서 군중과 군대를 바라보던 시의원들은, 군 병력이 시위자들을 체포했다고 생각하며 안으로 들어가 특별한 조사도 없이 "폭도 패거리들이 던진 나락에서 이타구아이시를 구원한 기병대의 용감함"을 치하하며, 부왕에게 군인들의 봉급을 한 달치 더 지급해 달라 요청하는 청원서를 표결했다. 이는 칸지카스 시위대를 옹호하며 다른 시의원들을 경악하게 한 배반자 세바스치앙 프레이타스 의원이 제안했다. 하지만 환상은 곧 깨지고 말았다. 이발사를 향한 만세의 환호 그리고 시의원들과 의사에 대한 타도의 목소리는, 그들에게 슬픈 현실을 일깨웠다. 그러나 시의회 의장은 낙담하지 않고, "우리의 운명이 어찌 되든지 우리는 폐하와 주민들을 위해 봉사하고 있음을 기억합시다"라고 말했다. 그런데 세바스치앙 프레이타스 의원은 뒷문으로 나가 지역 판사와 의논하는 편이 왕실과 마을을 위해 봉사하는 더 나은 방법이라고 교묘히 주장했다. 하지만 시의회는 이러한 주장을 거부했다.

얼마 지나지 않아 이발사는 부관 몇 명과 함께 시의회 사무실로 들어가 시의회 해산을 통고했다. 시의원들은 저항하지 않고 항복했으며, 그러곤 감옥으로 갔다. 그러자 이발사의 동료들은 그에게, 폐하의 이름을 받들어 마을 행정 당국의 수장을 맡아줄 것을 건의했다. 이발사 포르피리우는, 자신은 그 자리가 가져오는 어려움을 알고 있음에도 불구하고 이를 수락하며, 동료들의 도움 없이는 맡을 수 없다고 말했다. 사람들은 즉각 동의해 주었다. 그는 창가로 가서 결의문을 발표했고, 사람들은 이발사를 환호하며 그에 동의해 주었다. 그 자리에서 그는 "폐하와 국민을 대신하는 마을의 수호자"라는 명칭을 얻게 되었다. 이어 새로운 행정 당국의 다양한 주요 명령서와 공식 포고문, 그리고 왕실 폐하에 복종하는 서약서와 함께 부왕에게 보내는 상세한 설명서를 신속하게 발표했으며, 마지막으로 짧지만 강한 어조로 대국민 선언문을 발표했다.

친애하는 이타구아이 시민 여러분!
부패하고 폭력적인 시의회는 폐하와 국민의 이익에 반하는 음모를 꾸몄습니다. 국민 여론은 이러한 의회를 비난하고, 폐하의 용감한 기병대의 강력한 지원을 받은 소수의 시민들이 만장일치로 의회를 해산시켰습니다. 또한 만장일치의 동의로, 폐하께서 자신의 왕실 업무를 보다 잘 보좌하도록 명령을 내리실 때까지 본인을 최고 명령자로 지명해 주셨습니다. 친애하는 시민 여러분! 이제 시의회는 여러분의 손에 넘어왔습니다. 당신들의 무한한 신뢰를 바라며, 본인은 시의회가 그동안 낭비한 공공의 평화와 재정을 재건하려 하니 이를 도와주길 부탁하고자 합니다. 아울러 본인의 희생을 믿어주고, 승리의 면류관이 우리를 위한 것임을 확신하길 바랍니다.

폐하와 국민을 대신하는 마을의 수호자
포르피리우 카에타누 다스 네비스

그런데 사람들은, 선언문에 카자 베르지 병원에 대한
향후 조치가 전혀 언급되지 않은 점에 주목했다. 그들
중 일부는 이발사의 불분명한 계획으로 미루어보아 더
이상 명쾌한 계획은 없으리라고 걱정하기도 했다. 그러
한 심각한 상황이 한창이던 와중에, 박사가 카자 베르지
병원에 두 명의 여인과 이발사의 친척인 남자 한 명을
포함하여 일고여덟 명을 입원시켰다는 사실이 알려지자
긴장은 더욱 고조되었다. 의사는 도전하려는 의도가 없
었지만, 모든 사람이 그렇게 받아들였다. 그래서 박사가
24시간 내에 쇠사슬에 묶여 끔찍한 감옥에 갇히게 될
거라는 희망에 숨을 내쉬고 있었다.

그날은 즐겁고 행복하게 지나갔다. 마트라카를 치며
소식을 전하는 전령이 거리 구석구석에서 선언문을 낭
독하는 동안, 사람들은 거리에 흩어져 탁월한 지도자 포
르피리우를 지키기 위해 죽음까지도 맹세했다. 당국의
조치에 대한 신뢰의 증거로서 몇몇 사람들이 카자 베르
지 병원을 향한 비난의 고함을 지르기도 했다. 이발사는
그날을 휴일로 선언하는 법령을 발표하고, 정치적 권력

과 종교적 권력의 화합을 기리는 의미에서 '테 데움'[1] 의식을 위해 교구 신부와 협상을 시작했다. 그러나 로페스 신부는 공개적으로 그의 제안을 거절했다.

"어쨌든 신부님이 행정 당국의 적들 편에 서지는 않을 것 아닙니까?" 이발사가 다소 무서운 표정으로 말했다.

"새로운 행정 당국에 적이 없는데 내가 어찌 적의 편이 될 수 있겠소?"

이발사는 미소를 지었다. 그건 맞는 말이었다. 대위와 시의원들 그리고 마을의 주요 인사들을 제외하고는 모든 사람이 자신을 환호하고 있었다. 게다가 주요 인사들이 그를 환호하지는 않을지언정 적극적으로 반대하지도 않았다. 왜냐하면 식품 감독관 중 일부는 그의 명령과 지시를 받으러 찾아왔기 때문이었다. 대체로 거의 모든 입원 환자의 가족들은 카자 베르지 병원과 폭군 사망 바카마르치 박사에게서 마을을 해방하려는 이발사의 이름을 환호하며 갈채를 보냈다.

제8장
약제사의 고뇌

앞에서 이야기한 그 사건이 있고 24시간 후, 이발사

---

1 Te Deum. '우리는 당신을 주님으로 찬미하고 받들겠노라'라는 라틴어로 시작되는 오래된 찬송가로, 일요일이나 축제일, 승전기념일 등에 부르는 감사의 노래.

는 두 명의 보좌관과 함께 시의회 건물에 붙여진 명칭인 '정부 궁전'에서 나와 시망 바카마르치 박사의 저택으로 향했다. 박사로 하여금 행정 당국으로 오라고 명하는 것이 더 품위 있는 일임을 이발사가 모르는 건 아니었다. 그러나 박사가 이에 응하지 않을 것이라는 두려움 때문에 그 자신이 좀 더 관대하고 온건해 보일 수밖에 없었다.

이발사가 박사의 집으로 간다는 이야기를 들었을 때, 약제사가 얼마나 두려움에 휩싸였는지는 이루 다 설명할 수 없었다. 그는 이발사가 박사를 체포하려는 것이라고 생각했다. 그러자 고민이 배가되었다. 사실 그 혁명의 시기에 약제사가 겪은 도덕적 번뇌는 모든 수식을 뛰어넘을 정도로 극심했다. 이보다 더 심각한 위기에 처한 사람은 없었다. 박사의 총애가 그를 박사의 편으로 이끌었고, 이발사의 승리로 인해 그는 이제 이발사에게 이끌렸다. 이미 폭동이 발생했다는 단순한 소식이 약제사의 마음을 강하게 뒤흔들어 놓았는데, 왜냐하면 그는 사람들이 이구동성으로 박사를 증오한다는 걸 익히 알고 있었기 때문이었다. 하지만 최후의 승리는 또한 최후의 일격이기도 했다. 에바리스타 부인의 가까운 친구이자 약제사의 대장부 같은 아내는, 약제사가 있어야 할 자리는 시망 바카마르치 박사의 곁이라고 말했다. 그렇지만 그의 마음은 아니라고 외쳤다. 박사의 대의명분은 이미 사라졌다. 지금 상황에서 스스로 나서서 박사를 옹호함으로써 죽임을 당하는 일은 없어야 했다. "로마의 군인인 카토[1]가 해낸 거야. 맞아, 승리한 대의는 신을 기쁘게 했지만 패배한 대의는 카토를 기쁘게 했지. 하지만 카토는 패배한 대의에 집착하지 않았어. 그는 패배한 대의 그 자체이자 공화국의 대의였지. 그래서 그의 행동은 이기적인, 비참한 이기주의자의 행동이었고, 지금 내 상황과는 달라." 약제사는 로페스 신부의 설교를 떠올렸다.

그러나 약제사 크리스핑 소아리스의 아내는 계속 자신의 의견을 고집했고, 그는 병에 걸리는 것 외에는 이 위기에서 벗어날 수 없다고 판단하고는 몸이 아프다며 자리에 누워버렸다.

"저기 이발사 포르피리우가 사람들을 대동하고 바카마르치 박사의 집으로 간대요." 다음 날 그의 아내가 침대 머리맡에서 말했다.

'그를 체포할 모양이군.' 약제사는 생각했다.

하나의 생각은 다른 생각을 떠올리게 하는 법. 약제사는 박사가 체포되면 자신을 그의 공범자로 체포하러 오리라 상상했다. 그는 염증이 곪기 전에 먼저 조치를 해두어야겠다고 생각했다. 몸을 일으킨 그는 괜찮다고 말하며 나갈 채비를 했다. 아내가 그를 만류하려 했지만 결국 옷을 입고 밖으로 나섰다. 기록에 따르면, 그의

---

1 카토는 로마 공화국의 정치가, 작가로, 여기서는 라틴 서사시인 루칸의 『벨룸 문명*Pharsalus*』 1권 128절에서 폼페이우스가 카이사르에게 패배했을 때 폼페이우스에 대한 카토의 충성심을 암시하려는 표현으로 쓰였다. 설령 역사적으로는 그들이 패배한 것처럼 보일지라도 자신의 이상을 추구하고 대의명분을 일관되게 유지하는 사람들의 선택이 고귀하다는 것을 찬미하려는 뜻이다.

아내는 남편이 박사의 편에 고귀하게 머물러 있을 것이라 확신하고는 큰 위안을 느꼈다고 전한다. 이는 상상과 환상일지라도 도덕적 판단의 힘이 얼마나 강력할 수 있는지를 예리하게 지적하고 있다. 약제사는, 박사의 집이 아니라 '정부 궁전'을 향해 단호하게 걸어갔다. 그곳에 도착한 그는, 전날부터 몸이 아파서 차마 이발사를 만나 시위에 동참하겠다는 의사를 보이지 못했다는 말을 전하며 짐짓 아쉬워하는 척했다. 그러고는 다소 거칠게 기침했다. 박사와 약제사가 친한 사이임을 알고 있던 고위 관리들은 이 새로운 변화가 중요하다는 사실을 깨닫고 약제사를 점잖게 대했다. 그러고는 이발사가 중요한 업무차 카자 베르지 병원에 갔는데 오래 걸리진 않을 것이라고 말했다. 그들은 약제사에게 의자와 음료를 제공하며 그에게 칭찬을 늘어놓았고, 우리의 탁월한 지도자 포르피리우의 대의는 모든 애국자들의 그것이나 마찬가지라고 덧붙였다. 약제사는 다른 생각은 할 수 없었고 또 폐하께서도 그리 선언하실 것이기에 그저 예, 예 하고 거듭 대답할 뿐이었다.

제9장
두 가지 아름다운 사례

박사는 지체하지 않고 이발사를 맞이했다. 박사는 자신에겐 저항할 어떠한 수단도 없기에 명령에 복종할 준비가 되었다고 말했다. 박사는 그러나 단 한 가지, 즉 카

자 베르지 병원을 없애는 그 자리에 개인적으로 참석하
도록 강요하지 않기만을 요청했다. 이발사는 잠시 후 이
렇게 대답했다.

"행정 당국이 야만적인 의도가 있다고 오해하지 말기
바랍니다. 옳든 그르든 주민 여론은 이 병원에 수용된
대부분의 정신병자들이 완전하게 정상적인 상태에 있다
고 믿고 있지만, 그러나 당국은 이 문제가 순수하게 과
학적이라고 인식하고 있으며 또한 과학의 문제를 시의
명령으로 해결하는 것을 염두에 두고 있지 않습니다. 더
구나 카자 베르지 병원은 공공기관으로서, 해산된 시의
회로부터 우리가 물려받은 것입니다. 그래서 보다 강제
적으로, 주민들의 마음에 평화와 안정을 회복시킬 수 있
는 중재안이 있어야 한다고 생각합니다."

박사는 놀라움을 감출 수 없었다. 그는 사실 병원을
허문다거나 적어도 자신을 감옥에 가두고 추방시키는
등의 그런 조처가 있을 거라 예상했었노라 고백했다.

이발사는 박사의 말을 끊으며 심각하게 덧붙였다.

"귀하가 놀라는 것은, 당국의 엄중한 책임에 주의를
기울이지 않는 데서 비롯한 것입니다. 맹목적인 연민에
사로잡힌 사람들은 그런 경우 정당한 분노를 불러일으
키고, 당국에 특정 행동 명령을 요구할 수 있습니다. 그
러나 당국은 부여된 책임감을 지니고 적어도 그것을 전
적으로 실행해서는 안 됩니다. 이게 현재 우리가 처한
상황입니다. 어제, 관대한 혁명은 비난받을 만한 것투성
이인 부패한 시의회를 무너뜨렸습니다. 혁명은 카자 베

르지 병원을 파괴할 것을 강력히 요구했습니다. 하지만 당국이 나서서 자체적으로 정신병을 제거할 수 있을까요? 아닙니다. 그렇다면, 적어도 정신병을 구별하고 인식할 능력을 갖고 있을까요? 그것도 아닙니다. 그것은 과학의 문제입니다. 당국은 조만간 보다 세밀한 문제에 귀하가 기꺼이 협조해 주기를 원합니다. 귀하에게 요청하는 것은, 어떻게든 우리가 주민들을 만족시키자는 것입니다. 우리 힘을 합칩시다. 그러면 주민들도 순종하는 법을 알게 될 겁니다. 귀하께서 다른 점을 지적하지 않으면, 수용 가능한 제안 중의 하나는 다소 증세가 경미한 정신병자들뿐 아니라 거의 치료가 끝난 환자들을 병원에서 내보내는 것이 좋겠다는 것입니다. 그렇게 되면 큰 위험 없이 우리의 관용과 자비심이 어느 정도 드러나게 되니까요."

시망 바카마르치 박사가 약 3분여의 시간이 지난 후 물었다.

"어제 충돌에서 몇 사람의 사망자와 부상자가 발생했습니까?"

이발사는 그 질문에 당황했지만 곧 열한 명이 사망하고 스물다섯 명이 부상당했다고 대답했다.

"열한 명의 사망자와 스물다섯 명의 부상자라……!" 박사는 이 말을 두세 번 반복했다.

박사는 곧, 이발사의 제안이 썩 좋아 보이지는 않지만 자신도 다른 안을 찾아보겠으며 수일 내로 답을 주겠다고 말했다. 그리고 전날 있었던 사건과 공격, 방어,

기병대의 동참, 시의회의 저항 등에 대해 몇 가지 질문을 했다. 이발사는 아주 장황하게 대답하며, 특히 시의회가 해산된 불명예에 대해서 강조했다. 이발사는 또한 새 행정 당국이 여전히 마을 주요 인사들의 신뢰를 얻지 못하지만, 박사가 그 점과 관련해 많은 일을 할 수 있을 것이라고 덧붙였다. 이발사는 이어 새 행정 당국이 주민들의 동감과 이타구아이시 최고의 정신적 가치인 자비심 그리고 왕실의 확실한 호의가 보장된다면, 보다 마음을 놓을 수 있다고도 말했다. 그러나 그 어떤 말도, 흥분이나 겸손함 없이 조용히 듣기만 하며 마치 차가운 돌의 신처럼 무감각한 박사의 숭고하고 엄격한 표정을 바꾸지는 못했다.

"열한 명의 사망자와 스물다섯 명의 부상자라……. 그것은 뇌 질환의 두 가지 아름다운 사례이구나. 이발사의 이중성과 뻔뻔스러움의 징후가 그 명확한 증거지. 그를 환호하고 찬사를 보내는 사람들의 어리석음에 관해서는, 열한 명의 사망자와 스물다섯 명의 부상자보다 더적확한 증거는 없다. 진정 두 가지 아름다운 사례이군!" 박사는 이발사를 문까지 배웅하고 난 후 혼잣말로 중얼거렸다.

"위대한 지도자 포르피리우 만세!" 문에서 이발사를 기다리던 서른 명 정도의 군중이 소리쳤다.

박사는 창문을 통해 이 광경을 바라보았고, 이발사가 자신을 환호하는 무리에게 하는 짧은 연설의 나머지를 가만히 듣고 있었다.

"……내가 늘 깨어 있다는 사실을 여러분이 꼭 믿어야 합니다. 나는 여러분의 뜻을 수행하기 위해 깨어 있는 것입니다. 그러니 나를 믿으십시오. 그러면 모든 것이 다 잘 될 것입니다. 친애하는 여러분, 질서야말로 행정 당국의 근본입니다……."

"탁월한 지도자 만세!" 모자를 흔들며 서른 명의 목소리가 울려퍼졌다.

"두 가지 아름다운 사례!" 박사가 중얼거렸다.

제10장
재건

그로부터 닷새 동안, 박사는 새 행정 당국을 환호하는 약 쉰 명 정도의 사람들을 카자 베르지 병원에 수용했다. 사람들은 분개했다. 당황한 새 행정 당국은 어떻게 대응해야 할지 몰랐다. 또 다른 이발사 주앙 피나는, 거리에서 공개적으로 "포르피리우가 시망 바카마르치 박사의 돈에 팔려갔다"라고 말했다. 마을에서 보다 강경한 사람들이 이 말을 듣고는 주앙 피나 주변에 모여들었다. 이에 포르피리우는 반란의 선두에서 면도칼을 들고 있는 오랜 라이벌을 보면서, 저치에게 큰 타격을 입히지 않는다면 패배를 막을 수 없을 거라 생각했다. 그래서 포르피리우는 카자 베르지 병원을 폐지하며 동시에 박사를 추방하는 두 개의 법령을 발표했다. 그러자 주앙 피나는, 포르피리우의 행동이야말로 사람들이 믿어서는 안 되는 단순하고 교묘한 장치, 즉 미끼라고, 명쾌하며 장황하게 주장했다. 두 시간 후 포르피리우는 불명예스럽게 실각했고, 주앙 피나가 당국의 그 어려운 자리를 차지하게 되었다. 이전 행정 당국의 서랍에서 선언문과 부왕에게 보내는 서약서 그리고 기타 서류 등이 발견되었기에 그는 서둘러 이것들을 복사하고 발송했다. 시의 기록에 따르면 그는 서류의 이름들을 바꾸고, 포르피리우가 부패한 시의회라고 말한 부분에 대해서는 포르피리우 무리를 두고 "나쁜 프랑스적 이념에 물들고, 폐하의 신성한 이익에 반대하는 침입자" 등등이라고 덧붙였다.

그즈음 마을에는, 부왕이 보낸 군대가 들어와 질서를 회복했다. 박사는 즉각 이발사 포르피리우와 그 무리들을 미치광이들이라고 선언하고 그들 쉰여 명의 인도를 요구했다. 그리고 군대는 박사에게, 그들뿐만 아니라 첫 번째 반란에서 입은 상처를 회복한 다른 추종자 열아홉 명을 더 인도해주리라 약속했다.

이타구아이시의 이러한 위기의 정점은, 시망 바카마르치 박사의 영향력이 최대에 달했음을 보여주는 사례였다. 박사가 원하는 모든 것이 그에게 주어졌고, 또한 박사의 가장 생생한 권한의 증거 중 하나는, 제자리로 복귀한 시의원들이 세바스치앙 프레이타스 의원 역시 병원에 수용하는 것에 아주 신속하게 동의해 주었다는 점이었다. 세바스치앙 프레이타스 의원의 의견이 대단히 자가당착적이었다는 것을 알고 있던 박사가 그에게 병리학적으로 문제가 있다고 판단했기 때문이다. 약제사에게도 똑같은 일이 벌어졌다. 박사는 칸지카스 폭동에 대한 약제사 크리스핑 소아리스의 즉각적인 동참 소식에 대해 듣자마자, 바로 전날까지도 자신을 지지하고 찬성했음에도 그다음 날 바로 입장을 바꿔 폭동에 동참한 그를 체포하라고 명령했다. 크리스핑 소아리스는 그 사실을 부인하지는 않았지만, 폭동이 승리한 줄 알았을 때 공포의 시위에 굴복했을 뿐이라고 말하면서, 그 증거로 자신은 어떠한 행동도 하지 않았고 몸이 아파 집으로 돌아와 잠만 잤다고 덧붙였다. 박사는 약제사의 말에 반박하지 않았다. 다만 주변 사람들에게, 공포는 광기의 어버이이며, 크리스핑 소아리스가 바로 가장 전형적인 사례라고 말했다.

그러나 시망 바카마르치 박사의 가장 명백한 영향력의 증거는, 시의회가 순순히 시의회 의장을 박사에게 넘겨주었다는 점이다. 의장은 전체 회의에서, 칸지카스 폭동의 모욕을 씻어내기 위해서는 그 대가로 엄청난 양의 피가 필요할 것이라고 선언했는데 그 말은 시의회 비서의 입을 통하여 박사에게 전해졌다. 이에 박사는 카자베르지 병원에 그 비서를 수용했고, 뒤이어 시의회로 가서 의장이 사람들에게 큰 도움을 줄 자신의 새로운 연구 분야인 치매를 앓고 있다고 주장했다. 시의회는 처음에 주저했지만, 결국 박사의 의견을 받아들여 의장을 병원에 수용시켰다.

그때부터 정신병자들의 입원은 고삐 풀린 말처럼 누구도 제어할 수 없을 정도였다. 이 세상 그 누구도, 거짓말을 만들어내고 퍼뜨리는 사람들조차도, 아주 단순하고 조그만 거짓말마저 지어낼 수 없었다. 모든 것이 미쳐 돌아가는 것 같았다. 수수께끼를 만드는 사람들도, 글자 퀴즈를 내는 사람들도, 남을 비방하는 사람들도, 다른 사람의 삶에 호기심을 보이는 사람들도, 멋 부리기에만 치중하는 사람들도, 가격을 부풀리는 세금관리인 그 누구도 박사의 눈을 피할 수 없었다. 박사는 또한 연인들의 사랑은 자연적인 충동이라고 존중했지만, 불륜에 대해서는 타락의 행동이라고 악담을 퍼부었다. 또 아주 구두쇠인 사람도 또 아주 방탕한 사람도 모두 카자 베르지 병원에 수용시켰는데, 온전한 정신 건강을 위해서는 그 어떤 예외도 없다고 박사는 주장했다. 기록에 따르면, 박사가 항상 정직하게 행동한 것은 아니다. 기록은 그것을, 어떠한 서류나 전통적인 증명 없이 정맥에 2~3온스의 고트족 피가 흐른다고 선언하는 모든 사람에게 시의회가 왼손 엄지손가락 은반지 착용을 허가했다는 사실을 확신의 증거로 인용하고 있다. 또한 기록에는, 시의회의 그러한 행동을 부추긴 박사의 숨겨진 목적이 박사가 자신의 친구이자 대부인 금은 세공사를 부자로 만들어주기 위한 것이었다고 쓰여 있다. 하지만 시의회의 그러한 결정 이후 세공사의 사업이 번창했다는 것은 확실하다 하더라도, 그것으로 인해 카자 베르지 병원이 무수한 환자들로 가득 차게 되었다고는 볼 수 없었기 때문에 박사의 진짜 목적이 무엇인지 정의할 수는 없었다. 반지를 낀 모든 사람을 카자 베르지 병원에 수용한 결정적인 이유에 대해서는, 이타구아이시 역사에서 가장 모호한 지점 중 하나였다. 가장 신빙성 있는 이유는, 그들이 거리에서나 집에서 또 성당에서 멋대로 손짓과 몸짓을 해보였다는 것이었다. 미친 사람들이 손짓과 몸짓을 많이 한다는 것은 누구나 아는 사실이었다. 어쨌든 그것은 단순한 추측이었으며 아무런 근거도 없다.

"도대체 박사는 어디까지 가려고 하는 것인가? 아, 우리가 차라리 칸지카스 폭동을 지지하였더라면……." 마을의 주요 인사들이 한탄하듯 말했다.

시의회가 성대한 무도회를 열기로 한 어느 날 아침, 박사의 아내가 카자 베르지 병원에 수용되었다는 소식에 온 마을이 들썩이며 경악했다. 사람들은 누군가 악의적으로 꾸며낸 소식이라 여기며 아무도 믿지 않았다. 그런데 정말 사실이었다. 에바리스타 부인은 새벽 두 시에 수용되었다. 로페스 신부가 한걸음에 박사에게 달려가, 그 사실에 대해 조심스럽게 물어보았다.

"나는 한동안 의심했습니다. 그녀가 결혼 생활 내내 보여주었던 겸손은, 리우데자네이루 여행에서 돌아오자마자 드러냈던 실크와 벨벳, 레이스와 진귀한 보석에 대한 미친 듯한 열정과 어울릴 수가 없었습니다. 그때부터 나는 그녀를 주시하기 시작했지요. 그녀의 모든 대화는 오로지 그런 물건들에 관한 것이었으며, 내가 옛날 법정에 대해 얘기라도 하면 그녀는 당시 귀부인의 의복 형태에 대해 물어볼 정도였어요. 내가 없을 때 어떤 부인이 그녀를 찾아오면, 그 부인이 왜 왔는지는 말하지 않고 단지 부인의 의상에 대해 이러쿵저러쿵 늘어놓았을 뿐입니다. 어느 날엔가, 신부님께서도 기억하시리라 믿습니다만, 그녀는 성모상을 위한 의상을 매년 만들겠노라고 자원했습니다. 그 모든 것이 정말 심각한 징후였어요. 그날 밤에는 완전히 정신이 이상해졌습니다. 그녀는 시의회 무도회에 입고 갈 의상을 선택하고 준비하고 장식도 했는데, 석류석과 사파이어 목걸이 중 무엇을 고를지 망설이던 터였습니다. 그저께 내게 어느 목걸이를 하는 것이 좋은지를 물어봤고, 나는 둘 다 어울린다고 대답했습니다. 그런데 어제 점심때 내게 또다시 물어보았고, 저녁 식사 후에는 말도 없이 생각에 잠겨 있더군요. 그래서 물어보았죠. 무슨 일이 있느냐고. 그랬더니 그녀가 말하길, 석류석 목걸이를 하려 했는데 사파이어 목걸이가 너무 예뻐 보인다고 말하더군요. 그래서 그럼 사파이어 목걸이를 하라고 했지요. 그랬더니 이번에는, 그런데 석류석 목걸이는 어디에 있는지 물어보더군요. 결국 다음 날 오후는 아무런 일 없이 지나갔고, 우리는 저녁을 먹고 잠자리에 들었습니다. 그런데 한밤중에, 한 시 반 정도 됐을까, 잠에서 깼는데 그녀가 없는 겁니다. 일어나 옷방으로 갔더니, 글쎄 그녀가 거울 앞에서 두 개의 목걸이를 이리저리 걸어보고 있는 겁니다. 그건 분명 정신 이상이었고, 그래서 즉시 그녀를 병원으로 데리고 갔던 겁니다." 의사가 아주 심각하게 털어놓았다.

로페스 신부는 박사의 대답에 만족하지 않았지만, 그렇다고 반박도 하지 않았다. 하지만 박사는 그것을 알아차리고, 에바리스타 부인의 경우는 사치의 광기이며, 불치병은 아니고 그저 연구할 만한 충분한 가치가 있다고 설명했다.

"6주 정도면 나을 것으로 기대하고 있습니다." 의사가 결론지어 말했다.

이 저명한 박사의 희생은 신부에게 아주 큰 감명을 주었다. 박사가 그토록 온 마음을 다해 사랑하는 자신의 부인을 카자 베르지 병원에 수용했다는 사실을 통해, 박사를 향했던 그 모든 추측과 허구, 불신이 무너져 내렸다. 그 누구도 그에게 저항할 권리가 없었고, 그에게 과학 이외의 의도가 있을 거라 말할 권리 또한 없었다.

박사는 말 그대로 엄격한 사람이었으며, 로마 군인 카토의 옷을 입은 히포크라테스였다.

제11장
이타구아이시의 공포

이제 독자들은, 어느 날 카자 베르지 병원의 정신병자들이 모두 거리로 내보내지게 될 것을 알게 되었을 때 이타구아이시가 느낀 공포를 맞닥뜨리게 될 것이다.

"모두가요?"

"모두."

"그건 불가능하죠. 몇몇은 그럴 수 있지만, 모두 는……."

"모두요." 그렇게 박사는 오늘 아침 시의회에 보낸 공문에서 밝혔다.

사실, 박사는 다음의 몇 가지 조항을 밝히며 의회에 공문을 발송했다.

첫째, 마을 전체 주민의 5분의 4에 달하는 사람들이 카자 베르지 병원에 수용되어 있어, 마을과 병원의 통계를 검증했다.

둘째, 이러한 인구 이동으로 인해 정신적 기능의 균형이 완전하고 절대적이지 않은 모든 경우를 이성에서 배제한 이론인 '뇌 질환 이론'의 기초를 조사했다.

셋째, 이러한 조사와 통계적 사실로부터, 진정한 이론은 기존의 것이 아니라 그 반대의 것이라는 확신을 갖게 되었고, 따라서 기능이 불균형한 사람들을 정상적인 표본으로 여겨야 하며 오히려 그러한 균형이 지속되는 사람들이야말로 모두 병리학적 가설 사례라고 인정해야만 했다.

넷째, 이를 고려해 카자 베르지 병원에 수용되어 있는 자들을 퇴원시키고, 현재 위의 상황에 노출된 사람들을 병원에 수용할 것을 시의회에 주장했다.

　다섯째, 과학적 진실을 찾고자 시의회에 동일한 헌신을 기대하며, 모든 노력을 아끼지 않을 것이다.

　여섯째, 정신이상자로 추정되는 사람들의 수용을 위해 받은 급여의 총액에서 음식과 의복 등에 실제로 소비된 부분을 공제하고 남은 것을 시의회와 개인에게 환불하였으며, 그것은 시의회가 카자 베르지 병원의 장부와 금고에서 확인할 수 있다.

　이타구아이시 전체는 놀라움을 금치 못했으며, 수용자의 친척과 친구들은 적잖이 기뻐했다. 사람들은 만찬과 파티, 춤과 연등燃燈 그리고 음악을 즐겼으며, 그 모든 것은 그토록 놀라운 행사를 축하하기 위한 것이었다. 이 파티와 행사는 독자들이 이 글을 읽는 목적과 상관없으므로 자세히 언급하지 않겠지만, 화려하고 감동적이며 오래도록 계속되었다.

　그렇게 인간이 하는 모든 일이 진행되었다. 시망 바카마르치 박사의 공문이 만들어낸 기쁨과 환희 속에서, 그러나 그 누구도 네 번째 항의 마지막 문장이 예견하는, 미래에 다가올 수많은 경고에 대해서는 눈치채지 못했다.

제12장

4항 마지막 부분

연등이 꺼지고 가족들이 다시 모였으며, 비로소 모든 것이 제자리로 돌아온 것 같았다. 질서가 돌아왔고, 시의회는 어떠한 외부의 압력 없이 행정력을 다시 행사했다. 시의회 의장과 시의원 프레이타스는 자신들의 자리로 돌아갔다. 폭동 사건으로 교훈을 얻은 이발사 포르피리우는 한 시인이 나폴레옹에 대해 말한 것처럼 "모든 것을 맛본" 뒤였다. 물론 나폴레옹은 카자 베르지 병원을 경험하지 않았지만. 그 때문에 이발사는 빛나는 권력의 재앙보다 면도칼과 가위의 모호한 영광이 더 낫다고 생각했다. 어쨌든 그는 확실히 기소되긴 했지만, 사람들이 자비심에 호소하며 폐하에게 탄원했기에 용서 받을 수 있었다. 또 다른 이발사 주앙 피나는 폭동을 진압했기에 사면받았다. 기록에 따르면 그러한 사실로부터 우리가 알고 있는 격언, "도둑을 훔친 도둑은 100년 동안 용서를 받는다"가 생겨났다고 한다. 비도덕적인 격언인 것은 맞지만 동시에 매우 유용한 격언이기도 하다.

박사에 대한 불평불만은 끝났을 뿐만 아니라, 그가 행한 행위에 대한 분노조차 남아 있지 않게 되었다. 카자 베르지 병원의 수용자들은, 박사가 자신들을 완전히 건강한 정신을 지닌 사람들이라고 선언한 덕에 깊은 인식과 열렬한 열정을 갖게 되었다고 느꼈다. 많은 사람들이 박사가 아주 특별한 칭찬을 받을 자격이 있다고 말하며, 그를 위해 수차례의 무도회와 파티를 베풀어 주었다. 그리고 에바리스타 부인은 애초에 남편과 헤어지려 했지만, 박사처럼 위대한 인물을 배우자로 잃게 되는 아픔이 자기애에서 비롯한 원통함도 극복하게 했고, 그래서 부부는 전보다도 훨씬 더 행복해졌다.

박사와 약제사의 우정도 예전처럼은 아니지만 친밀함을 회복했다. 약제사는 시망 바카마르치 박사가 의회에 보낸 공문을 두고 혁명의 시대에 신중함이야말로 최고의 미덕이라고 결론 내렸고, 자신에게 자유를 주고 오랜 친구로서 손을 내밀어준 박사의 관대함을 높이 평가했다.

"박사야말로 진정으로 훌륭한 사람이야." 약제사가 지나간 일을 꺼내며 아내에게 말했다.

말안장 제조인과 코스타, 코엘류, 마르팅 브리투 그리고 나머지 사람들을 여기에서 특별히 언급할 필요는 없다. 그들 모두가 예전처럼 자유롭게 자신들의 일을 할수 있게 되었다는 것만으로도 충분하다. 그런데 박사의 아내 에바리스타 부인을 극찬한 연설로 인해 병원에 수용되었던 마르팅 브리투는, "박사의 놀라운 능력이야말로 태양보다 훨씬 높이 날개를 펼쳤으며, 이 땅의 모든 영혼을 그 아래에 두게 했다"라고 박사를 기리는 연설을 하며 극찬을 보냈다.

이에 박사는 이렇게 대꾸했다. "당신의 연설에 감사드리며, 당신에게 자유를 돌려준 걸 후회하지 않소이다."

하지만 시망 바카마르치 박사의 공문, 특히 4항 마지막 부분과 관련해 적절한 단서를 달 것이라고 밝혔던 시의회는 마침내 그에 대한 입법을 시도했다. 그리고 논쟁 없이, 정신적 기능의 완벽한 균형을 누리고 있는 사람들도 카자 베르지 병원에 수용할 수 있도록 박사에게 권한을 부여하는 시행령이 채택되었다. 시의회가 겪어야 했던 과거 경험이 고통스러웠기 때문에 의회는 새로운 심리학 이론을 실험하는 데 1년까지만 허가해 주는 임시 조항을 설정했으며, 이와 함께 시의회는 그 기간 전에라도 공공질서의 유지가 요구될 경우 카자 베르지 병원을 폐쇄할 수 있도록 했다. 프레이타스 시의원은 또한 어떠한 경우에도 시의원을 정신병원에 수용할 수 없다고 주장했는데, 그 제안은 가우방 의원의 반대에도 불구하고 시행령에 포함되어 가결되었다. 가우방 의원의 주된 주장은, 시의회가 과학적 실험에 관한 법을 만들면서 법의 결과로부터 의회 구성원을 배제할 수 없다는 것이며, 예외를 둔다는 것은 극히 혐오스럽고 유치한 일이라고 덧붙였다. 가우방 의원이 이 두 단어를 말하자마자 다른 시의원들은 동료 의원의 불손함과 우둔함을 비난하며 고성을 질렀고, 이에 가우방 의원은 자신은 예외에 반대하는 것뿐이라고 주장했다.

"시의회는 우리에게 특별한 권한을 부여하거나 우리를 보통의 인간 정신에서 제외시키지는 않습니다." 가우방 의원이 결론지었다.

시망 바카마르치 박사는 제한 조치가 포함된 시행령

을 받아들였다. 시의원 제외 조치에 대해서 그는, 시의원들을 카자 베르지 병원에 강제로 수용한다면 자신도 대단히 유감스러울 것이라 말했다. 그런데 그 조항 자체가 시의원들이 완벽한 정신적 기능의 균형으로 고통받지 않는다는 것을 보여주는 최선의 증거이기도 했다. 하지만 가우방 의원은 올바른 이의 제기를 했고, 또 동료 의원들의 욕설에 절제된 반응을 나타냄으로써 대단히 균형 잡힌 뇌의 상태를 보여주었기 때문에, 박사는 시의회에 그 의원을 넘겨달라고 부탁했다. 가우방 의원의 처신으로 인해 여전히 분위기가 악화되고 있다고 생각한 시의회는, 박사의 요청을 받아들여 만장일치로 그를 인도하기로 결정했다.

새로운 이론에 따르면, 어떤 사실이나 말만으로는 누군가를 카자 베르지 병원에 수용하기 곤란했다. 그래서 오랜 관찰과 그 사람의 과거와 현재 행적에 대한 광범위한 조사가 필요했다. 예를 들어 로페스 신부는 시행령 이후 30일 만에 체포되었고, 약제사의 아내는 40일이 지나 체포되었다. 그녀의 격리로 남편인 약제사의 분노는 극에 달했다. 약제사 크리스핑 소아리스는 화가 부글부글 끓어올라 집을 나서서는, 만나는 사람마다 폭군과도 같은 박사의 귀를 찢어버리겠다고 소리쳤다. 거리에서 이 소식을 들은 박사의 반대자 한 명은 자신이 지금껏 반대해 왔다는 사실조차 잊고서 박사의 집으로 달려가 위험 소식을 알려주었다. 그러자 박사는 그에게 고 마음을 표시하며, 잠시 그의 감정의 정직함과 선의, 인간적 존중, 관대함을 살펴본 후에 그의 손을 잡고 병원에 수용시켰다.

"이런 경우는 드물지요. 자, 이제 우리의 크리스핑을 기다립시다." 박사가 놀란 부인에게 말했다.

약제사가 들어왔다. 하지만 슬픔이 분노를 이겼다. 약제사는 박사의 귀를 뜯어내지 않았다. 박사가 말하길, 약제사의 아내가 그리 절망적인 상태는 아니며 아마도 약간의 뇌 손상을 입었을 터라 주의 깊게 조사해 볼 것이지만, 그전에 그녀를 그런 상태로 거리에 내버려 둘 수 없었다면서 약제사를 위로했다. 그러고는 남편의 고집스러움과 계략이 아내의 도덕적 아름다움을 어떤 식으로든 치유할 수 있을 것이기에 두 사람의 힘을 하나로 합치는 것이 유리하다고 덧붙였다.

"낮에는 약국에서 일하고, 점심과 저녁은 아내와 함께 먹고, 밤 시간과 일요일에는 여기로 와서 지내십시오."

박사의 제안은, 불쌍한 약제사를 '뷔리당의 엉덩이'[1]와 같은 상황에 놓고 말았다. 약제사는 아내와 함께 살고 싶었지만 카자 베르지 병원으로 돌아가는 것 또한 두려웠다. 잠시 그의 마음이 갈등을 빚는 사이 그를 곤경에서 구출해 준 사람은 다름 아닌 박사의 아내 에바리스타 부인이었다. 부인은 자신이 약제사의 아내를 보러갈

---

1 Buridan's ass. 자유의지의 역설을 보여주는 철학적 일화. 배기 고프면서 동시에 목이 마른 당나귀가 건초 한 더미와 물 한 동이 사이 정확히 가운데에 놓여 있는 가설적인 상황을 상정한다. 당나귀는 건초와 물 사이에서 합리적인 결정을 할 수 없어 배고픔과 갈증으로 죽고 만다.

것이며, 두 사람 사이에서 연락을 전해주는 역할을 기꺼이 해주겠노라 약속했다. 크리스핑 소아리스는 고마운 마음을 담아 그녀의 손에 입을 맞췄다. 이 무기력한 이기주의자의 마지막 상처는 박사에게 오히려 숭고하게 비쳤다.

5개월이 지날 무렵 약 열여덟 명의 사람들이 병원에 수용되었지만, 박사는 고삐를 늦추지 않았다. 박사는 이 거리에서 저 거리로, 이 집에서 저 집으로 다니며 관찰하고 물어보고 또 조사했다. 끝내 환자를 찾아내면, 예전에 수십 명씩 모았던 때와 똑같은 기쁨을 안고 그를 데려왔다. 이러한 정신적 균형은 박사의 새로운 이론에 확신을 주었으며, 드디어 진정한 뇌 병리학 이론을 정립하게 되었다. 어느 날 박사는 지역 판사를 카자 베르지 병원에 수용하는 데 성공했다. 하지만 그것 역시 판사의 모든 행동을 자세하게 연구하고 또 마을 주요 인사들과 상의를 하는 등 아주 꼼꼼하게 처리한 후에야 지시한 입원이었다. 박사는 몇 차례 더, 완벽하게 정신적으로 불균형적인 사람들을 수용할 뻔하기도 했다. 그중 한 사람은 거리에 두는 것이 위험할 정도로 여겨지는 여러 가지 도덕적, 정신적 자질을 가진 변호사였다. 박사는 그 변호사를 체포하라고 지시했는데, 의심이 많은 체포 대행인은 박사에게 면밀하게 조사할 것을 요청했다. 그래서 대행인은 거짓 유언장을 위조한 혐의로 소송을 당한 친구를 찾아가, 그 재판에 살루스치아누를 변호사로 데려가라고 조언했다. 살루스치아누는 다름 아닌 문제의 그 변호사였다.

"어떻게 하면 되나……?"

"가서 모든 것을 있는 그대로 사실대로 털어놓게나. 그게 무엇이든지 간에. 그리고 소송을 그에게 맡기면 되네."

대행인의 친구는 변호사를 찾아가 유언장을 위조했다고 고백하고, 소송 사건을 맡아달라고 부탁했다. 부탁에 응한 변호사는 서류를 검토했으며, 오랫동안 변론하고 모든 방법을 동원하여 유언장이 위조된 것이 아님을 증명했다. 마침내 판사는 피고인의 결백을 엄숙하게 선언했으며, 상속 재산은 그의 손에 주어졌다. 이 탁월한 법리학자는 승소 덕분에 자유를 얻게 되었다. 하지만 그 어느 것도 독창적이고 통찰력 있는 정신을 벗어나지는 못했다. 이미 그 변호사의 열성과 현명함, 인내와 유순함을 알아차렸던 시망 바카마르치 박사는, 얼마간의 시간이 지난 후 그가 그렇게 민감하고 복잡한 실험을 수행한 능력과 감각을 인정하며 즉시 그 변호사를 카자베르지 병원에 수용할 것을 결정했으며, 그에게 가장 좋은 병실 중 하나를 제공했다.

병원에 들어온 사람들은 정신적, 도덕적 상태에 따라 각각 수용되었다. 도덕적 완전성이 우월한 정신병자들을 위한, 즉 겸손한 자들의 회랑이 만들어졌으며 또 다른 회랑에는 관대한 자들의, 진실한 자들의, 순수한 자들의, 충실한 자들의, 도량이 넓은 자들의, 똑똑한 자들의, 그리고 성실한 자들의 회랑 등이 각각 만들어졌다. 당연히 수용자의 가족과 친구들은 이러한 논리에 반대하며 아우성을 쳤고, 일부는 시의회가 병원의 허가를 취소할 것을 요구했다. 그러나 시의회는 가우방 의원의 말을 떠올리며, 허가가 취소되면 거리에서 그를 다시 보게 될 뿐 아니라 의원직을 복귀시켜 줘야 할지도 모른다며 사람들의 요구를 거절했다. 이에 시망 바카마르치 박사는 시의원들에게, 감사해서가 아니라, 그렇게 사적으로 복수하는 행위를 한 것을 축하한다는 공문을 보냈다.

합법적으로 행해지는 이러한 상황에 환멸을 느낀 마을의 주요 인사 중 일부는 비밀리에 이발사 포르피리우에게 도움을 요청하며, 그가 시의회와 박사에게 반대하는 또 다른 시위운동의 선두에 나설 경우 인력과 자금 그리고 영향력 등 모든 지원을 해주겠노라 약속했다. 그러나 이발사는 하지 않겠노라 대답하고, 과거의 야망으로 인해 자신이 처음으로 법을 어기게 되었지만, 자신의 잘못과 자신을 따르는 사람들의 의견이 일관성이 없었음을 인정하며, 생각을 바꿨다고 말했다. 또한 이발사는 시의회가 1년 동안 박사의 새로운 실험을 허가했음을 주지시키며, 때문에 기한이 다할 때까지 기다리거나 만약 시의회가 새로운 실험을 허가하지 않을 경우 부왕에게 탄원할 것이라고 말했다. 이어서 그는 자신의 손에서 실패로 끝나는 것을 보았고, 또 그 과정에서의 죽음과 부상으로 인해 영원한 후회가 남았기에 더 이상 시위라는 방식을 쓰지 말 것을 조언했다.

"그게 도대체 무슨 말이오?" 비밀 요원이 이발사와 마을 주요 인사들 간의 대화를 전해주자 박사가 놀라며 물었다.

이틀 후 이발사는 카자 베르지 병원에 수용되었다.

"개를 키우면 키웠다고, 안 키우면 안 키웠다고 체포하는구나!" 불쌍한 이발사가 탄식하듯 소리쳤다.

정해진 기한의 끝이 다가왔고, 시의회는 박사의 치료 수단 실험을 위해 6개월의 추가 기간을 승인해 주었다. 이타구아이시의 연대기에 나오는 이 이야기의 결말은 너무 예상치 못한 것이었으므로, 최소한 열 장은 더 서술해야 했을지도 모르겠다. 그러나 나는 서술의 종결이자 과학적 신념과 인간적 이타심의 가장 훌륭한 본보기의 하나가 될, 단 하나의 장으로 만족하고자 한다.

제13장
보다 더 멀리!

이제 치료의 시간이었다. 질병을 찾아내는 데 적극적이고 현명했던 시망 바카마르치 박사는, 질병을 치료하기 시작하면서 근면함과 통찰력에서도 여전히 한계를 넘어서는 탁월함을 보여주었다. 이 점에 대해 모든 기록은, 탁월한 정신과 의사인 박사가 놀라운 치료를 수행하여 이타구아이시에서 가장 들끓는 존경심을 불러일으켰다고 전하고 있다.

사실 이보다 더 합리적인 치료 체계는 상상하기 어려

웠다. 각각의 정신병자들을 서로를 능가하는 도덕적 완전성에 따라 등급별로 분류하면서, 박사는 우세한 특질을 정면으로 공격하는 데 주의를 기울였다. 겸손한 사람의 경우, 박사는 그에게 겸손과 반대되는 감정을 심어주는 약을 투약했다. 그 약은 환자의 상태와 나이, 기질과 사회적 지위에 따라 최대 복용량을 넘기지 않는 선에서 조절되었다. 때로는 외투와 리본, 가발과 지팡이만으로도 정신병자에게 올바른 이성을 회복시켜 주기에 충분했다. 질병을 억제하기 힘든 또 다른 경우에는 반짝이는 반지와 우수상賞을 수여하는 것에 의존하기도 했다. 그모든 것에도 저항하는 환자가 있었는데, 그는 시인이었다. 시망 바카마르치 박사는 그의 치료에 낙담하기 시작했는데, 그때, 마트라카로 여기저기에다 그 사람을 시인 가르상과 핀다로[1]의 라이벌 급이라고 치켜세우는 아이디어를 떠올렸다.

"정말 놀랍고도 신성한 약이었어요." 그 불행한 시인의 어머니가 대모에게 말했다.

또 다른 겸손한 환자 역시 약에 대해 똑같은 저항에 부닥쳤는데, 그러나 그는 작가가 아니어서(그 사람의 이름은 알려지지 않았다) 마트라카 치료를 적용할 수도 없었다. 시망 바카마르치 박사는 그에게 이타구아이시에 설립된 '비밀 아카데미'의 비서 자리를 맡아달라고 요청

---

1 가르상은 포르투갈 서정시인 페드로 코레이아 가르상(Pedro Correia Garção, 1724~1772)을, 핀다로는 고대 그리스 시인인 핀다로스(Pindar, 기원전 518?~기원전 438?)를 지칭한다.

했다. 의장과 비서 자리는 돌아가신 동 주앙 5세 국왕의 특별한 은총을 통해 왕실의 임명으로 이루어졌으며, 각하의 명칭으로 대우받고 또 모자에 금 휘장 장식도 할 수 있었다. 리스본 왕실은 임명장 수여를 거부했다. 하지만 박사가 어떤 명예나 합법적인 절차를 바라서가 아니라 치료가 어려운 환자에 대한 치료 수단으로써 요구한 것이라고 하자 왕실은 예외적으로 요청을 받아들여 주었다. 이것 역시 환자의 사촌이었던 해군 및 해양부 장관의 특별한 노력 없이는 이루어질 수 없었다. 이 또한 하나의 신성한 약이었다.

"정말 놀라운 일이야!" 한때 정신병을 앓았던 두 사람의 건강하고 온전한 표정을 보고 거리에서 사람들이 이구동성으로 외쳤다.

모든 것이 그런 식이었다. 나머지는 독자가 직접 상상해 보길 바란다. 모든 도덕적 또는 정신적 아름다움은 가장 완벽해 보이는 지점에서 공격을 받았으며, 그 효과는 확실했다. 물론 항상 확실한 건 아니었다. 우세한 특성이 모든 조치에 저항하는 경우도 있었는데, 그러면 박사는 다른 요새를 먼저 공격하면서 나머지 요새들을 하나씩 정복하는 군사 전략을 차용했다.

5개월하고 절반 정도가 지나자 모든 환자가 치유되었고, 카자 베르지 병원은 텅 비게 되었다. 절제와 형평성으로 잔인하게 시달렸던 가우방 시의원은 삼촌을 잃는 행복을 얻었다. 왜 행복이라고 표현했느냐 하면, 죽은 삼촌은 애매모호한 유언장을 남겼고, 가우방 의원은 판사를 매수하고 다른 상속인을 속임으로써 그 모호한 유언장을 자신에게 유리하도록 해석하게끔 했기 때문이다. 박사는 자신이 가우방 시의원의 치료에 관여하지 않았으며, 그것은 단순히 자연의 치유력vis medicatrix 때문이었다고 솔직하게 고백했다. 로페스 신부의 경우에도 마찬가지였다. 박사는 칠십인역 성경[1]을 비판적으로 분석해 달라고 신부에게 맡겼다. 그는 신부가 히브리어와 헬라어에 완전히 무지하단 사실을 알고 있었다. 두 달 후 신부는 임무를 제 시간 안에 수행했고 그 대가로 저서와 자유를 얻게 되었다. 약제사 부인은 자신에게 배정된 병실에 오래 머무르지 않았다. 게다가 그곳에서조차 그녀의 사랑은 부족하지 않았다.

"왜 남편, 크리스핑은 나를 찾아오지 않는 걸까요?" 매일 그녀는 말했다.

그러자 사람들은 그녀에게 이런저런 대답을 해주었지만 결국 모든 진실을 털어놓고 말았다. 그러자 여장부인 약제사의 부인은 노여움과 수치심을 참을 수 없었고, 마침내 분노가 폭발하면서 다음과 같이 입에서 나오는 대로 공허한 표현을 쏟아냈다.

"사기꾼! 악당 같은, 파렴치한 놈! 날조되고 썩은 고약을 이용해 돈을 벌어 집을 지은 악당……. 아, 사기꾼

---

1 현재 존재하는 구약성경 번역판 중 가장 오래된 판본 가운데 하나이다. 기원전 300년경에 고대 그리스어인 코이네 그리스어 또는 헬레니즘 그리스어로 작성되었다.

같은 놈……!"

시망 바카마르치 박사는, 이 표현에 담긴 비난이 사실이 아닐지라도 그 여자가 마침내 정신적 기능의 완벽한 균형에서 회복되었음을 보여주기에 충분하다고 보고, 즉시 그녀를 퇴원시켰다.

독자여, 만약 여러분이 박사가 카자 베르지 병원에서 마지막 환자가 떠나는 것을 보고 기뻐했으리라 예상한다면, 그것은 당신들이 여전히 박사를 알지 못한다는 증거이다. 보다 더 멀리*Plus ultra*! 그것은 그의 원동력이요 상징이었다. 박사는 정신병의 진정한 이론을 발견한 것만으로 충분하다고 생각하지 않았으며, 또 이타구아이 시에 이성의 통치를 확립했다는 것으로도 만족하지 않았다. 보다 더 멀리! 박사는 행복하지 않았고, 대신 여전히 걱정하며 또 언제나 깊은 생각에 잠겨 있었으며, 새로운 이론이 그 자체로 또 다른 완전히 새로운 이론을 지니고 있다고 믿었다.

"자, 어디 보자. 내가 결국 마지막 진실에 도달할 수 있을지."

박사는 포르투갈 왕실 폐하의 해외 영토에서 가장 풍요로운 도서관이 빛나고 있는 거대한 방을 가로지르며 그렇게 중얼거렸다. 허리에 비단 끈을 묶고, 금색 술(한 대학에서 준 선물)이 달린 폭 넓은 장미색 가운은 저명한 박사의 장엄하고 엄숙한 몸을 감싸고 있었다. 긴 머리카락은 과학에 대한 매일의 깊은 사고에서 비롯된 넓고 고귀한 대머리를 덮고 있었다. 또 가냘프거나 여성스럽지 않고 크거나 작지도 않은 체형에 비례하는 발은, 단순하고 수수한 황동 버클이 달린 한 켤레의 신발 속에 숨어 있었다. 그는 과학적인 것들에서만 즐거움을 느꼈다. 그에게선 현인의 인격에 너무나 잘 어울리는 미덕, 즉 절제와 소박함의 색깔이 스며 나오고 있었다.

위대한 정신과 의사인 그는, 그렇게 넓은 도서관의 한쪽 끝에서 다른 쪽 끝까지 오가며, 뇌 병리학이라는 난해한 문제가 아닌 다른 모든 것에는 낯선 자신에게 깊이 침잠하고 있었다. 갑자기 그는 발걸음을 멈췄다. 그는 창가에 서서 왼쪽 팔꿈치를 오른 손바닥에 대고, 왼손으로 턱을 괸 채 스스로에게 물었다.

"그런데, 그들은 정말 미쳤던 것일까? 그래서 나에 의해 치유가 된 것이었을까? 아니면 치유되는 것처럼 보였던 것은 그저 뇌의 완벽한 불균형을 발견한 것에 지나지 않았을까?"

그래서 좀 더 깊이 파헤쳐보니, 그가 도달한 결론은 다음과 같았다. 그가 막 치료를 끝낸 잘 조직화된 뇌는 다른 뇌들처럼 균형이 맞지 않는 것이었다. 그래, 맞아. 그는 혼잣말로 중얼거렸다. 그는 자신이 정신질환 환자들에게 새로운 감정이나 기능을 주입했다고 확신할 수 없었다. 그 감정과 기능은 잠재적 상태에 존재했지만, 어쨌든 이미 존재해 있던 것이었다.

이러한 결론에 도달한 위대한 정신과 의사는 기쁨과 낙담이라는 두 가지 상반된 감정을 느꼈다. 즐거움의 감정은 오랜 시간 동안 끈기 있는 조사, 지속적인 작업 그리고 사람들과의 치열한 투쟁을 통해 이타구아이시에는 단 한 명의 정신병자도 없다는 진실을 확인할 수 있었다는 것이었다. 그러나 이러한 생각이 그의 마음을 상쾌하게 해주자마자 너무도 빠르게, 이를 중화시키는 또 다른 생각, 즉 의심이 떠올랐다. 아니, 그렇다면? 이타구아이시는 단 하나의 균형 잡힌 뇌를 앞으로 영영 소유하지 못하게 되는 것이 아닐까? 본질적으로 봤을 때, 그러한 극단적인 결론은 틀린 것이 아닐까? 게다가 새로운 심리학 학설의 장엄하고 거대한 건축물을 파괴하지는 않을까?

이타구아이시의 기록에 따르면, 시망 바카마르치 박사의 고통은 마치 인간을 파괴해 온 가장 무시무시한 도덕적 폭풍 중 하나로 정의되어 있다. 그러나 폭풍은 다만 허약한 자들만 무너뜨릴 뿐, 강한 자들은 폭풍에 대항해 견고해지고 또 두 눈 부릅뜨고 천둥을 응시하는 법이다. 20여 분이 지난 후 박사의 얼굴은 부드러운 빛으로 환해졌다.

"그래, 틀림없이 그럴 거야." 그가 혼자 중얼거렸다.

그게 그거지. 이제야 시망 바카마르치 박사는 완벽한 정신적, 도덕적 균형의 특징을 자신에게서 찾아냈다. 그는 자신이야말로 완전한 정신병자가 될 수 있는 현명함과 인내, 끈기, 관용, 진실성, 도덕적 활력, 충성심 등 모든 특질을 소유하고 있는 것 같았다. 그는 즉시 의심에 빠졌지만, 결국은 그것이 환상이라는 결론에 도달했다. 하지만 신중한 사람이었던 그는 동료들의 충고를 들어 보기로 하고, 솔직하게 그들에게 물어보았다. 그들의 의견은 긍정적이었다.

"어떤 결함이라도?"

"전혀." 동료들이 이구동성으로 대답했다.

"어떤 사악함도?"

"전혀."

"모든 것이 완벽한가?"

"그렇지."

"아냐, 불가능해! 나는 그토록 훌륭하게 막 정의를 내린 우월함을 내 안에서 느끼지 못하고 있어. 당신들이 그렇게 말하는 건 동정심 때문이야. 나는 나 자신을 잘 알고 있고, 그러니 당신들의 선의를 정당화해서 과장하지 말라고." 박사가 크게 소리를 질렀다.

동료들은 주장했고, 박사는 저항했다. 마침내 로페스 신부는 보다 진지한 관찰자의 태도로 그 모든 것을 설명해 주었다.

"우리 모두가 존경하고 있는데도, 당신이 스스로의 높은 자질을 보지 못하는 이유를 압니까? 그것은 당신이 다른 특질을 더욱 드높이는 한 가지 특질, 바로 겸손함을 갖고 있기 때문입니다."

그 말은 결정적이었다. 시망 바카마르치 박사는 행복하고 슬퍼서, 아니 슬프기보다는 훨씬 더 행복해서 고개를 숙였다. 그의 다음 행동은, 스스로 카자 베르지 병원에 수용되는 것이었다. 박사의 아내와 동료들은 그가 완벽하게 건강하고 정신적 균형 또한 완전하다고 말하며 그가 머물러 있기를 바랐지만 헛된 소망이었다. 사람들의 간청이나 제안 그리고 눈물조차 그를 붙잡지 못했다.

"문제는 과학적이라는 겁니다. 과학은 새로운 이론을 다루는 것이고, 그 첫 번째 사례는 다름 아닌 바로 나 자신입니다. 나는 이론과 실천을 내 안에서 결합하고자 합니다."

"시망! 내 사랑 시망!" 박사의 아내가 눈물에 젖은 얼굴로 외쳤다.

그러나 이 저명한 의사는, 과학적 확신으로 가득 찬 열정적인 눈으로 아내의 탄식에 귀를 막고 부드럽게 그녀를 밀어냈다. 카자 베르지 병원의 문이 굳게 닫힌 채 박사는 연구와 치료에 몰두했다. 역사 기록에 따르면, 17개월 후 박사는 그곳에서, 그가 처음 들어간 그 상태 그대로 아무것도 성취하지 못한 채 사망했다. 사람들은 원래부터 이타구아이시에 박사 외에 다른 정신병자는 없었다고 추측하고 있지만, 박사가 사망한 이후 계속 떠돌고 있는 소문에 근거한 이 추측은 구체적 증거가 없는 그저 막연한 소문일 뿐이었다. 그리고 이 소문은 그토록 열렬하게 위대한 박사의 특질을 치켜세웠던 로페스 신부에게서 비롯되었기 때문에 더 미심쩍었다. 어쨌거나 박사의 장례는 매우 화려하고 또 보기 드물게 엄숙히 거행되었다.

역자 후기

    브라질 문학을 전공으로 삼아 공부하고 또 대학에서 오랜 시간 강의를 하면서 언제나 나를 들뜨게 한 말이 있다. 그것은 문학은 꿈이요, 그 꿈은 우리의 삶을 풍부하게 만들어줄 것이라는 확신이었다. 그래서 김현 선생님이 '문학은 무엇을 할 수 있는가'라는 의문에서 말씀하신 대로, 문학은 불가능성에 대한 싸움이요, 인간에게 유용하지 않은 것처럼 보이는 것을 꿈꿀 수 있어, 인간만이 억압하지 않는 몽상 속에 잠길 수 있다라는 말을 늘 되뇌어 왔다. 그렇다, 문학은 인간의 실현할 수 없는 꿈과 현실과의 거리를 자신의 의사에 반하여 드러내는 것이다. 그렇기에 실은 그 거리야말로 인간이 얼마나 억압되어 있는가를 나타내는 하나의 척도일 것이다. 그래서 불가능한 꿈이 아름다우면 아름다울수록, 삶은 그만큼 비천하고 추한 것일지도 모른다. 빛소굴 출판사로부터 마샤두 지 아시스의 작품 번역을 의뢰받고서 그의 작품, 「정신과 의사」 등 몇몇 단편을 읽으면서도 위의 생각은 변함없었다.

브라질 전체의 문학을 얘기할 때 '브라질이 낳은 최고의 소설가'라는 명성이 전혀 아깝지 않은 사실주의 대표 작가 조아킹 마리아 마샤두 지 아시스의 작품을 읽으면서, 20세기 브라질 현대문학을 전공한 역자로서 내심 고민과 죄송함을 지울 수 없었다. 현대문학에만 천착해왔기에, 19세기 말의 브라질 사실주의와 자연주의 작품에 대한 깊이와 이해가 부족하였기 때문이다. 끊임없는 습작과 완숙함으로 평가받는 작가의 천재성을 어떻게 감지하고 파악할 수 있을까 하는 우려가 들었기 때문이다. 허나 꼼꼼히 읽고 우리말로 바르게 옮겨 씀으로써 우려를 불식할 수 있지 않을까, 또는 작가에 대한 죄송한 마음을 다소 덜 수 있지 않을까 생각했다. 그 생각으로 번역에 치열히 임했다. 물론 그 노력에 대한 평가는 독자들에게 맡길 수밖에 없지만 말이다…….

작가 마샤두 지 아시스는 브라질이 포르투갈의 식민지였던 시절 혼혈아로 태어나 계모의 손에 길러져 가난과 질병 그리고 혼혈이라는 인종적·사회적 열등감을 지녔다. 그는 활자견습공으로 일하며 독학으로 신문 기자가 되었고, 청년 시절 여러 신문에 글을 발표하며 문인의 길에 들어섰다. 그다음엔 공무원 생활을 거쳤고, 훗날 브라질 학술원을 창립하여 결국 초대 회장에 올랐다. 이렇듯 그는 입지전적 인물이었다. 낭만주의 경향과 특히 원주민 인디오의 관습과 삶을 그린 '인디아니즘 *Indianismo*' 색채가 돋보이는 전기 단계에서 그는 인간의 심리, 관습, 해학, 에로티시즘 그리고 선정성 등의 특징을 보여주고 있다. 그리고 후기에 들어서 작가는 낭만주의와 완벽히 결별하며 작가로서의 성공을 보여준 『브라스 쿠바스의 사후 회고록』을 비롯하여, 인간 내면과 영혼의 이야기를 현학적으로, 또는 해학적으로 서술한 사실주의적 경향의 작품을 다수 발표하였다. 특히 이 시기 작가의 작품에 대해 오랜 시간 분석을 해온 비평가 아프라니우 코치뉴*Afrânio Coutinho*는, "피상적인 회의주의를 곁들인 작가의 비관주의가 아이러니와 해학을 통해 예술적 승화를 이루었다. 그의 아이러니와 해학은 고통과 억눌린 영혼의 배출구이며, 그 고통과 억눌린 영혼은 불공평한 삶과 인간의 악, 정신적·육체적 고통 그리고 우스꽝스런 세상사를 겪으면서 누적된 것으로, 아이러니와 해학은 바로 우스꽝스런 인간 군상을 비웃음으로써 삶 자체의 비천함을 슬쩍 덮어 가리는 행위"라고 말하고 있다.

이 책에서 옮긴 중편 「정신과 의사」 또한 그의 후기 특징인 아이러니가 돋보이는 작품으로 과학을 신념과 거의 혼동함으로써 야기되는 과도한 이기주의의 위험성을 잘 그리고 있다. 작품 속에 전개되는 각각의 드라마

는 서로 뒤엉키고, 각각의 인물은 타인에게 침투가 불가
능한 폐쇄된 세계 속에서 타인과 충돌한다. 종種을 위해
개인이 희생되는 자연적이며 사회적인 이기주의 그리
고 편함과 편리함이라는 미명하에 모든 것을 구속하려
는 이기주의를 아이러니하게 보여주고 있다. 물론 「자정
미사」를 비롯한 나머지 단편들에서도 속됨과 적대심, 야
망과 이해관계로 인한 불화 등의 소재를 평범하지만 질
서정연하게, 그러면서도 현학적이며 순진한 아이러니로
잘 드러내고 있다.

마샤두 지 아시스의 작품을 통해 역자는 처음에 언급
한 문학과 꿈의 관계를 다시 한번 생각할 수 있었으며,
문학이 인간의 자기 기만과 억압을 파악하고 또 고발하
고 있음을 느낄 수 있었다. 번역을 끝낸 지금, 작가의 묵
직한 생각을 다시 한번 느낄 수 있음이 얼마나 다행인
지……. 작가의 문학을 통해 가본 적 없고, 경험하지 못
한 당시 브라질의 사람과 생활, 사랑과 세상사를 엿볼
수 있었음이 얼마나 큰 행운인지…….

끝으로 졸역의 모든 책임은 전적으로 옮긴이에게 있
음을 밝힙니다.

2023년 가을
이광윤